·衛斯理小說典藏版70·

魔磁

衛斯理
親自演繹衛斯理

《魔磁》

新之又新的序言，最新的

衛斯理小說從第一次出版至今，歷時已近半世紀，總共出了多少正版，還能計得清，若是連盜版一起算，那就算找外星人來算，也算勿清楚哉！不知能不能也算世界紀錄。

算得清好，算勿清也好，能幾十年來不斷出新版，說明不斷有讀者加入，對作者來說，沒有更值得高興的事了，謝謝所有喜歡衛斯理的人，謝謝謝謝。

二〇二〇年六月四日 香港

幾句話

寫了四十多年小說，論者將拙作分為三個時期：早、中、晚。在明窗出版的一批，屬於早期和中期的上半。三個時期的創作風格有相當程度的不同，所以風評不一。本人並無偏愛，但讀友對早期的作品，頗有好評，大抵是由於在早、中期作品之中，主要人物精力充沛，活力無窮，所以使故事曲折多變，小說也就格外吸引。明窗出版社此次重新出版這批作品，正好讓大家來證明這一點。

四十餘年來，新舊讀友不絕，若因此而能有新讀友，不亦快哉！

倪匡

二〇〇五年十一月六日

序言

《魔磁》這個故事，原名《石林》，是早期的衛斯理故事。準確的創作日期已查不出，大抵是距今二十年左右的作品。故事假設了磁力的運用，提出了磁力是地球上最大的能源，用之不盡，取之不竭，永遠存在，比起人類在應用的一切能源，都可靠得多。

故事中那具有魔幻一樣的強大磁力的物體——一個小小的圓鐵球，是哪裏來的，只提出了幾個假設，沒有定論，這種寫作法，現在還十分新奇——使讀者自己去下判斷，應用在科幻小說上，相當有趣，但自然也只可以偶一為之，不能每個故事都那樣子的。

改了一個名字，是因為《石林》這個名稱，不如《魔磁》貼切，別無他意。

衛斯理（倪匡）

一九八六年十二月四日

目錄

第一部

三位偉人之死

有人說，人類世界將來使用的力能，一定是原子能，也有人認為，一定是太陽能，但是我卻認為，如果我們所說的「將來」，是真正的將來的話，那麼，人類世界所廣泛的應用的，一定是磁能。

以陸上的交通工具而論，現在的汽油內燃機車輛，其構造複雜，使用不便，可以說落後之極，進一步的發展，必然是摒棄內燃機，改用電，電汽車已經開始從實驗室到達街頭了。從電汽車再進一步，就一定是原子能汽車，再進一步，可能是太陽能汽車，然而，再進一步呢？那就要輪到磁力汽車了。

為什麼說磁力將為人類最後應用的力量呢？因為地球本身，就是一個極大的磁場，地球上的每一個角落，都受到磁力的影響，在人類還未曾普遍應用磁力之前，不容易覺察到這一點，但當一旦普遍用磁力的時候，就可以發現，宇宙對於地球人，是多麼地仁慈，竟賜予地球人以如此永恒存在，用之不竭的力量。

再以汽車為例，原子能汽車，自然要在汽車內部，裝置小型的核反應器，作為動力的來源。太陽能汽車，也一定要裝置吸收太陽能的儀器。但是磁力汽車，卻根本不需要任何機器，簡單到只要在車頭裝置一塊可以和地球兩磁極發生作用的磁鐵就可以了。自然，這塊磁鐵，要可以轉換方向，利用同性相拒、異性相吸的原理，來改變行車的方向，也要有一套煞掣，來控制車行的快慢。也就是說，這樣的磁力汽車，如果不加任何控制的話，它就會一直向一個方向駛，就像我們用線吊起一枚有磁性的針，永遠向着南、北兩個方向一樣。

自然，這是將來的事，但磁力是如此之現成，人類必然會在這方面大動腦筋，這是可以肯定的事。

磁力是最奇怪的力量，所有的力量，都是動態的，但磁力卻是靜態的，它自然而然存在，全無迹象可尋。

最近的一則消息，美國加州大學的物理學教授，斯蒂華特和他的幾個學生，根據羅倫斯電磁推拒原理，發明了沒有螺旋槳的小潛艇。他們利用電力，使得海水中產生磁力線，整個海水便成為他們潛艇的馬達，磁力線之間的推力，可以將這艘百九磅重的潛艇，以每小時二里的速度前進。這可以說是人類應用磁力的先聲。

最普遍的有磁性的物質是金屬，而金屬之中，又以鐵來得最容易接受磁性的反應。其他的金屬，鎳、鈷、錳（順磁質）、鉍、銻、汞、鉾（反磁質）等，也都受磁性的作用，或迎或拒。

科學家已經發現，磁鐵之所以有磁性，是由於磁鐵與普通鐵的鐵分子排列有異之故，磁鐵的鐵分子排列整齊，各異極互相銜接。所以磁鐵如果加熱，或受猛烈的震盪，分子排列的整齊消失，磁性也隨之消失。

人類現在還未曾嘗試將其他金屬的分子作同樣的排列，如果開始作那樣的工作，那麼，就可以出現磁性的金、磁性的銀，甚或至於磁性的非金屬。

等到有一天，出現了磁性的非金屬之時，那麼，人類的生活，就會起極大的轉變。試想，如果有磁性的水，那麼，一切水泵，還有什麼用？只要利用磁性，將水汲上來就可以了，如果水能磁化，那麼，要抽乾太平洋的海水，也不是什麼難事。

說了很多題外話，當然，是因為我以下所敘述的那個充滿了神秘氣氛的故事，和磁力有關。

廣場上擠滿了人，陽光燦爛，雖然天氣並不是太熱，但是在長時間的等待，毫無掩遮地暴露在陽光之下，人叢之中，也開始有點不耐煩的感覺了，可是，只見廣場上的人愈來愈多，並不見聚集在廣場上的人散去。

廣場在一座博物院之前，那座博物院的仿希臘神廟式的宏偉建築才新落成。院中陳列的物品，也經過各方面的搜羅、捐贈，連日來報章上的介紹，已經使人想要先睹為快，再加上來主持博物院開幕儀式的，是特地自遠道請來的幾個知名的科學家，人們更希望一睹他們的風采，所以才形成了廣場上的人潮。

我也擠在人叢中，看來，主持開幕儀式的大科學家遲到了，因為現在已是下午三時，而預定的開幕時間是一時半。

我抹着汗，無法退出去，只好等着。我的心中在想，電影明星遲到，那並不令人感到意外，而著名的科學家居然也遲到，這未免令人有點啼笑皆非的感覺。

顯然不是我一個人有那樣的想法，這一點，可以從人潮中不斷爆發出不滿的嗡嗡聲，得到證明。

時間在慢慢過去，踮起腳來向前看去，可以看到博物院的職員，忙碌地在進進出出，看來，他們也等得有點焦急了，我在想，一定有什麼不尋常的事情發生了！

果然，又等了十分鐘左右，只見一個穿着禮服的老人匆匆走了出來，他是一位著名的學者，博物院的院長，他來到了預先安排好的講台前，那本來是準備給那三位遠道而來的科學家，發表簡短演説用的，兩排擴音器在台上整齊地排列着。

當院長站定之後，廣場上所有的人都靜了下來，人們可以清楚地聽到院長所發出的濃重的喘息聲，聚集了幾千人的廣場，在那一剎間，變得靜得出奇，然後，才聽到了院長乾澀的聲音。

院長的聲音是斷斷續續的，他道：「各位市民，有一個極不幸的消息，我很難過，竟要我來宣布這個不幸的消息，我們的三位貴賓，他們的飛機，在海上失蹤，有漁船目擊，這架飛機墜進了海中！」

院長講到這裏，人叢中「轟」地炸開了不絕的驚呼聲、嘆息聲，有不少神經質的女性，甚至尖聲叫了起來，或是哭泣了起來。

我也不由自主，大叫了一聲。

我看到許多人，站立在院長的身後，等到人叢中的聲音，漸漸靜了下去的時候，院長才繼續道：「這三位傑出的科學家，人類文明的先導者，他們的名字是……」

院長的話，已沒有法子再聽得見，人潮開始向四面八方散去，每一個人都發出嘆息聲、唏噓聲，淹沒了院長的話聲。

群眾心理本來很難理解和推測的，在開始的時候，可能只有極少數的人，因為發生了這樣不幸的事，是以打消了參觀博物院的念頭，而向外走去，當他們一走的時候，心靈上受了噩耗震動的人，便跟着他們。終於變得幾乎所有的人全走了。

我本來是在廣場中間的，當人潮四面八方推湧之際，我也被擠着，身不由主，向外走去。但是，當我來到了一根電燈柱之旁時，我便抱住了那根電燈柱，任由人像水一樣，在我身邊流過去，我不再動。

這三位科學家遇難的消息，對別人，造成什麼樣的震動，我不清楚，在我心中所造成的震動，難以言喻，他們全是最傑出的人物，正像院長剛才所說的那樣，他們是人類文明的先導者，他們如果遭了不幸，那是全人類的重大損失。

所以我不想走，我還想獲得進一步的消息。

等到廣場上只有零零落落的幾十個人時，我向博物院走去，許多記者圍着院長，在探詢消息，院長難過得一句話也說不出來。

我走上了石階，看到了一個熟人，他就在博物院工作。

我來到他的身邊，他抬起頭來，木然地望了我一眼，喃喃地道：「太意外了！」

「于範，」我叫着他的名字，「搜索工作，應該已在進行了？」

于範搖着頭：「沒有用，據目擊的漁民說，飛機直衝進海中，任何人，在那樣的情形下，都不會有生還的機會。」

于範講到這裏，略為停頓了一下，才又道：「就算一條魚，那樣跌進海中，也淹死了。」

他在那樣說的時候，一點也沒有開玩笑的意思，而我也一點不感到好笑，只覺得心情更加沉重。

于範苦笑着：「剛才院長已經宣布博物院正式開放了，你要進去參觀麼？」

我搖了搖頭：「不，多謝你了！」

我甚至不走進博物院去，就轉身下了石階，心情沉重地回到了家中。

一進家裏，就聽到收音機的聲浪很大，正在報告三位著名科學家飛機失事的新聞。白素坐在收音機前，表情嚴肅，直到我到了她的身後，她才抬起頭來：「你已經知道了？」

我點了點頭，她道：「這裏面，不會有什麼陰謀吧？他們三個都太重要了！」

我苦笑着：「我不過知道了這個消息而已。」

白素有點憤慨地道：「如果因為陰謀，而令得這三位科學家致死，那麼，實在太醜惡了。」

我沒有說什麼，只是聽着收音機中的報告，報告員是在直升機上，而直升機則是在海上，進行搜索。我聽得報告員在說：「到現在為止，搜索一點結果都沒有，據有關方面稱，這三位科學家中的一位，還攜來了一件極其珍貴的禮物，是贈給我們的博物館的，這件東西是什麼，事先並沒有宣布，據說，是一個居住在彼邦的移民捐贈出來的。現在，這件寶貴的禮物，已經和這三位科學家一起長沉海底了！」

我不禁有點愕然，大聲道：「胡說，飛機一定可以打撈起來的！」

收音機的報告員，自然聽不到我的話，仍然在叙述着海面上發生的事情。從他的報告聽來，海面上的天氣極好，而飛機也一直在順利飛行，照說，是絕不應該無緣無故跌進海中去的。

然而世事就是那麼不可測，這架飛機，畢竟跌進海中去了。

當晚，所有的晚報都報道着這不幸的消息，電視台的新聞片，也延長時間，我一直聽新聞報告到午夜，仍然未曾聽到發現飛機的消息，只知道，幾艘小型潛艇已經出動。

這件意外雖然令我大受震動，感到這是人類極大的損失，然而整件事和我不發生關係。

如果事情自始至終和我不發生關係，那麼，自然也無法成為故事，將之敘述出來了。

就在我聽完了最後新聞報告，已經午夜的時候，門鈴突然響起。

我打開門，看到門外站着兩個陌生人。衣著都很名貴，如果單從衣著上來判斷，他們都應該是上等人。但是，我一看到那兩個陌生人，卻立時可以肯定，其中有一個有教養、有地位，另一個卻只是個粗人。

我並沒有讓這兩個陌生人進來，只是問道：「找誰？」

被我認為是粗人的那個道：「找你！」

我的聲音很冷淡：「你們找錯人了，我不認識你們！」

另一個微笑着：「衛先生，請原諒我們的冒昧，我們的確不相識，但我們慕名來訪，有一件事情，想請衛先生幫忙！」

那時，白素也走了出來，對那兩個陌生人，我始終有着一種自然而然的戒心，是以我仍然不讓他們進來，只是道：「閣下是——」

那人道：「我是一家打撈公司的主持人，這是我的卡片。」他取出了一張卡片來，交在我的手上。

我向卡片看了一眼，只見卡片上印着兩個銜頭，一個是「陳氏海洋研究所所長」，另一個則是「陳氏海底沉物打撈公司總經理」，這個人的名字是陳子駒。

我看了看卡片，又抬起頭來，這位陳子駒已然指着另一個我認為是粗人的那個道：「這一位，是方先生，方廷寶，他是著名的潛水專家。」

方廷寶，我聽見過這個名字，並且知道他是遠東潛水最深，潛水時間最長的紀錄保持者。是以我忙道：「原來是方先生，請進來。」

我請他們坐下，方廷寶不斷打量着我客廳中的陳設，而陳子駒則神情猶豫，像是不知道該如何開口對我說話才比較恰當。

在那樣的情形下，我自然只好開門見山，提出詢問：「兩位來，有什麼指教？」

陳子駒道：「我和方先生兩個人，設計了一種圓形的小潛艇，這種小潛艇，可以在深海中靈活地行駛，用來做很多事情。」

我皺了皺眉，陳子駒的話，聽來完全不着邊際，所以我略帶不滿：「陳先生，你來找我，是為了向我推銷你們發明的小潛艇？」

陳子駒忙道：「不，不，當然不，我只是想說明，在任何打撈工作之中，有了這樣的小潛艇，甚至在夜間作業，也和白天一樣！」

我皺眉更甚：「我仍然不明白你的意思。」

陳子駒吸了一口氣：「那三位著名的科學家，他們的飛機，沉進了海底，這一件事，你已經知道了？」

我一聽得陳子駒那樣講法，便不禁怦然心動：「當然知道，你的意思是——」

陳子駒講話，慢條斯理地，看來，他喜歡將每一件事，都從頭講起：「現在，軍方和警方，都在搜索打撈，我的打撈公司，只不過是一間民營公司，我想，如果由我的打撈公司，先發現了沉入海中的飛機，那麼，這是一個替公司宣傳的最好機會。」

我的心中多少有點憤怒，利用這樣的不幸事件，來替自己的公司宣傳，無論如何，這總不是一件高尚的事情，所以我的反應是沉默。

陳子駒忙又道：「衛先生，或者你還不明白我真正的意思，我是說，我們有最好的設備，最好的人員，他們可能永遠找不到沉入海底的飛機，但我們可以！」

我冷冷地道：「那你大可以向有關當局申請，參加打撈工作！」

方廷寶直到此際才開口，他有點悻然地道：「我們試過，但被拒絕，所以我們才決定自己行動，我們一定能有所發現。」

我的怒氣已漸漸平復，因為能及早將跌進海中的飛機找出來，是一件好事。

我點着頭：「你們可以去進行——」

我講到這裏，略頓了一頓，才繼續道：「這件事，你們似乎不必來徵詢我的同意。」

方廷寶立即道：「我需要一個助手！」

我明白他們的來意了，可是我的心中，卻更增疑惑，我道：「這更不可能，陳先生主持一個打撈公司，難道找不到別的潛水人？」

陳子駒道：「有，我們公司中一共有十二個潛水人，但是除了方先生一人之外，其餘的人，都難以擔當這個任務，所以我們想到了衛先生，想請你幫忙，衛先生的名氣大，本領高，我們一直佩服。」

我思疑着，並不立即回答。陳子駒給我戴了一連串的高帽子，但是我卻絕對沒有飄飄然的感覺，我反而感到事情更加古怪。或者直接一點地說，我感到方廷寶和陳子駒兩人來看我，有着一個不可告人的陰謀！

在我保持沉默的時候，方廷寶又道：「衛先生要是答應的話，我們立時出發，我相信，在天亮之前，我們就可以有結果了！」

能夠在天亮之前，找到那三個科學家所乘的飛機，這是一個極度的誘惑，但是我卻立時搖了搖頭，而且，為了試探他們的真正目的，我道：「我看我們之間的談話，應該坦白一些。」

陳子駒卻誤會了我的意思：「當然，衛先生如果參加我們的工作，我會付給酬勞，不論有沒有結果，都是一樣，我可以先付一半，你喜歡現鈔，還是支票？」

我連忙作了一個手勢，阻止他伸手入袋取錢出來：「你誤會了，我自知不夠資格，參加深海打撈工作，你們的心中，其實也很明白這一點！」

我講到這裏，只見陳子駒和方廷寶兩人互望着，現出十分尷尬的神色來。

我知道我的話，已說中了他們的心事，是以我立時又道：「而你們仍然要來邀我一起去，請問，有什麼真正目的？」

我的這個問題一出口，他們兩人，不僅是尷尬，簡直有點不安！

我道：「除非你們據實答覆，不然，你們決不會有什麼收穫。」

陳子駒嘆了一聲：「衛先生，要瞞過你真是不容易，是這樣，我們知道你對於一切神秘的事情，有着豐富的經驗……」

我聽得他那樣說，不禁陡地一呆：「這次墜機，有什麼神秘？」

陳子駒攤着手：「三個知名的科學家，天氣又好，飛機忽然失了事，這還不夠神秘麼？」

聽得陳子駒以那樣空泛的話來回答我的問題，我的心中不禁冷笑了起來。陳子駒太滑頭了，我幾乎立時可以肯定，他一定知道有關這架飛機失事的原因，只不過他卻瞞着我，不肯講給我聽。

雖然他曾說，要瞞我是十分困難的事，裝出好像已被我逼出了說真話的樣子，但是那只不過是他的手法之一而已！

然而我也知道，這時候向他逼問，一定不會有什麼結果，他不會向我說什麼的。

要明白他所說的「神秘」，究竟是什麼意思，唯一的辦法，就是接受他的邀請，參加他們的工作，看看他們究竟準備出什麼花樣！

對付滑頭的人，最好的辦法，也就是滑頭，所以儘管我的心中，已經知道他根本不曾說實話，但是在表面上，我卻裝出十分同意的神情來：「是的，這件事，真可以說是十分神秘！」

陳子駒高興地道：「衛先生已經答應了？我們立時可以行動，我知道，軍警的聯合搜索，在晚上停止，我們可以趁機進行。」

我還在裝着考慮，可是那時，我的心中卻更可以肯定陳子駒在講鬼話，他的話中，破綻實在太多！

要知道，搜索一架跌進海中的飛機，那絕不是一件簡單的事，軍警的聯合行動，未有發現，原因是無法確定飛機墮海的正確位置。

而軍警的搜索行動，當然使用海底探索儀，除非陳子駒已掌握了詳細的飛機墮海資料，不然，他怎會那樣有把握？

而陳子駒只不過是一間民營打撈公司的主持人，他有什麼辦法可以知道飛機墮海的詳盡資料？

當我想到這一點的時候，我甚至已不可避免地將飛機失事和陳子駒連在一起了。

有了這樣的聯想，我更不肯放棄這個機會。但是我還是假裝考慮了很久，才道：「我想，只怕我不能勝任！」

方廷寶忙道：「衛先生，我有你的潛水紀錄，知道你一定可以成為我最得力的助手。」

我心中的疑惑，又增加了幾分。的確，我有着不錯的潛水紀錄，但是我也知道，我決不以潛水出名，而且，我的潛水紀錄，在一個業餘潛水者而言，已很不錯了，但是也決不應該得到一個職業潛水者的推崇。

由此可知，方廷寶他們來找我，是另有目的的，決計不是為了找一個潛水助手那樣簡單。

可是，他們究竟有什麼目的呢？我卻又沒有法子想得出來。

第二部

受邀請找尋沉機

在那樣的情形下，最好的辦法，自然是走一步瞧一步，看他們的葫蘆之中，究竟是在賣些什麼藥！

所以我道：「既然你認為我可以有資格，我很有興趣！」

一聽到我已答應了，他們兩人，互望着，顯得很高興，我又試探地問道：「是不是那飛機中有着什麼特別的東西，所以才引起了你們的興趣？」

方廷寶忙道：「不，不，沒有什麼特別的東西。」

他那樣忙於掩飾，只有使我的心中更疑惑，我不再問，免得他們知道我在疑惑，反倒使我不容易獲知真相。

我可以肯定他們在利用我，愚弄我，而我則裝着根本不知道，唯有這樣，我才能更有效地反擊企圖愚弄我的人！

我道：「那麼，我們該出發了，我的潛水裝備，只怕不足以應付深海的打撈工作！」

方廷寶道：「不怕，我們有一切的設備！」

我又道：「那麼，請你們稍為等一下，我去和妻子說一說必須深夜離家的原因。」

我一面說，一面裝出了一個無可奈何的神情來，他們也都笑了起來：「最好別太久！」

我將他們兩人，留在客廳中，自己上了樓，到了書房中，我之所以要離開他們一會，一則是因為我需要一個短暫時間的寂靜，以便將這件事情，從頭至尾地想一遍。二則，我還要帶一些應用的小工具，以備不時之需。

我在書房大概逗留了七八分鐘，在這段時間內，我的確將整件事好好想了一遍，仍是不得要領，我帶了幾樣小巧的工具，下了樓。他們兩人，已經有一點不耐煩的神色。

接着，我們就出了門，登上了一輛極佳的汽車，由方廷寶駕駛，疾駛而去，一直到碼頭，我們之間，都保持着沉默，沒有說什麼話。

到了碼頭，我看到一艘四十呎長的白色遊艇，停在碼頭邊，從我的經驗而言，一眼就可以看出，那是一艘性能頗佳、非同凡響的遊艇。

只有我和方廷寶兩人，登上遊艇，陳子駒偽託有事，慢一步再來，我心中冷笑，也不去戳穿他。遊艇離開碼頭，速度漸漸加快，終於碼頭上的燈光，也漸漸模糊。

我從甲板上回到了駕駛艙中，遊艇仍在向前疾駛，我道：「方先生，只有我們兩個人！」

方廷寶很顯得有點神色不定，他「嗯」地一聲，表示回答。我又道：「如果我們兩個人都下水的話，那麼，誰在水面上接應？」

方廷寶咳嗽了幾下，他的那種咳嗽，顯然是在掩飾他內心的不安。

我立時又逼問道：「方先生，你還未曾回答我的問題，我在問，如果我們兩個人都下水的話，那麼由誰做接應工作？」

在我的逼問之下，方廷寶才勉強回答道：「你別心急，還有人在前面和我們會合！」

我心中暗忖，事情已快到揭盅的時候了，方廷寶還有同黨在前面，那麼，我就必須趁現在只有方廷寶一人，比較容易對付的時候，更多了解一點事實才好。

是以我立時又問道：「在前面的是什麼人？」

方廷寶顯得有點不耐煩，他粗聲粗氣地道：「你問得實在太多了！」

我知道，對付方廷寶這種人，是絕對不能夠客氣的，是以我陡地出手，五指一緊，抓住了他的後頸，我的拇指和食指，分別用力捏住了他頸旁的動脈，手臂一縮，將他整個人硬生生自駕駛盤前，扯後了一步，厲聲喝道：「回答我的問題！」

方廷寶的體格很強壯、魁偉，如果我和他對打的話，只怕很要費一些功夫，才能將他制服。但這時，我在他身後，猝然發難，方廷寶根本沒有抵抗的餘地，他一被我扯開了一步，在他的臉上，立時現出了駭然欲絕的神色來：「我不知道，我真的不知道！」

我狠狠地瞪着他：「你真的不知道，你這樣說，是什麼意思？」

方廷寶高聲叫了起來：「放開我！」

我非但不放開他，而且手指更緊了緊：「說，不然，我可以輕易扭斷你的頸骨！」

方廷寶駭然道：「別那樣，我說了，我們接到委託，去打撈那隻飛機！」

我道：「那麼，關我什麼事？」

方廷寶道：「我們的委託人，指定要你一起去，所以我們才來找你，委託人是誰，我也不知道，我們只是約定了在前面相會！」

我呆了一呆，這倒是我全然意料不到的一個變化。

方廷寶他們，原來並不是主使人，主使者另有其人！

我道：「你們來找我的時候，為什麼不說明這一點，而要花言巧語？」

方廷寶苦笑着：「怕你不肯去，那麼，就接不到這筆生意了！」

我鬆開了手指，在鬆開手指的同時，我伸手用力向前推了一推，又將方廷寶推得向前跌出了一步，然後才道：「你知道我是不夠資格參加這種專門的打撈工作的，是不是？說！」

方廷寶用力揉着後頸，一臉怒容，可是他卻也不敢將我怎樣，只是憤然地道：「你當然不夠資格，真不明白我們的委託人為什麼一定要你參加！」

我迅速地轉着念，在如今那樣的情形之下，我必須肯定方廷寶剛才所講的，是不是實話，我立時有了肯定的答案，我相信他的話。

我既然相信了他的話，那麼，我和他的敵對地位，就已經不再存在了。

所以我道：「那麼，對不起，我必須保護我自己，請原諒我剛才的行動！」

方廷寶仍然憤怒地悶哼着，不再出聲。

我又道：「你是一個潛水專家，你可想得到為什麼委託你們去打撈的人，一定要我參加？」

方廷寶的聲音很憤然：「那我怎麼知道，反正就要和他們會合了，你自己可以去問他們！」

方廷寶一面説着，一面向前指了一指。

海面上是漆黑的，但是循着他所指，我看到有一盞燈，大約在五百碼之外，一閃一閃，那盞燈離海面相當高，看來在一支桅杆之上。

而方廷寶駕駛的遊艇，那時也正在向着這盞燈，疾駛了過去。

我順手拿起了駕駛控制台上的一具望遠鏡，向前看去，我看到在前面，停着一艘雙桅遊艇，那艘船足有一百呎長。

黑暗之中，雖然看得不是十分真切，但也隱隱約約，可以看到那船上有着不少人。不一會，那艘艇上，還有人向着我們打燈號。

而我們遊艇的速度，也慢了下來。我放下望遠鏡，十分鐘後，兩艘船已經靠在一起，在那艘船上，跳下了兩個穿着水手制服的大漢。那兩個大漢肌肉發達，上衣繃在他們的身上，像是隨時可以被他們的肌肉爆裂一樣，那兩個大漢一跳上了遊艇的甲板，便齊聲問道：「誰是衛斯理，跟我們來！」

我一直在甲板上，方廷寶這時，也從駕駛艙中走了出來。

老實說，我絕不喜歡這兩個大漢的態度，他們的那種態度，就像是獄卒在監房中提犯人一樣！

但是我卻忍着並沒有發作，我只是轉過頭去，對方廷寶道：「方先生，奇怪，他們好像專門是在等我，而不是在等你這個潛水專家！」

方廷寶「哼」地一聲，也顯得很不滿。而我這樣一說，我就是衛斯理，這實在再明白也沒有了，那兩個大漢，竟直向我走了過來，一邊一個，伸手挾住了我的手臂，推着我向前便走。

剛才，他們那種惡劣的態度，我還可以忍受，但這時，他們那種惡劣的行動，我實在無法忍受了。

他們兩人，才推着我向前走出了一步，我便用力一掙，身子陡地向後一縮，他們兩人，還未及轉回身來，我已雙拳齊出。我這兩拳，攻向他們的脊柱骨，「呼呼」兩聲響，那兩個彪形大漢的身子，向前仆去，我立時踏步向前，橫肘再攻。

那兩個大漢，連還手的機會也沒有，當他們的腰際，又被我的肘部，重重撞中之際，他們兩人，一起發出驚呼聲，「撲通」、「撲通」，仆出了船舷，跌進了海中。

這一切，雖然只不過是幾秒鐘內發生的事，但是對方的船上，已聚集了不少人在船舷上。當那兩個大漢落水之際，又有三四個人，跳了下來。

同時，在那艘船上，有人沉聲喝道：「怎麼一回事？為什麼打起來了？」

隨着那一下呼喝，聚集在船舷上的人，一起向後，退了開去。

而那幾個躍下遊艇的人，本來看情形，是準備一躍了下來，就準備向我動手的，但這時，他們也一起退了開去。我抬頭看去，只見對面的船上，出現了一個身材矮胖，穿着船長制服的中年人。

那中年人直視着我，我知道他一定就是特地要方廷寶邀我一起來的人。

這時，那兩個被我弄跌海去的大漢，已經在水中掙扎着，游到了船邊。那中年人向他們厲聲喝道：「我叫你們去請衛先生，為什麼打起架來了？」

那兩個大漢在水中着實吃了不少苦頭，這時他們才冒上水面，如何答得上來？我立時道：「不干他們事，只是我不喜歡他們請我的態度！」

我講到這裏，略頓了一頓，伸手直指那中年人：「同時，我也很不高興你要見我的辦法！」

那中年人略呆了一呆，隨即「呵呵」大笑了起來，道：「真是快人快語，請接受我的道歉，但是我相信，你一定很樂於與我會面！」

我冷冷地道：「憑什麼？」

那中年人道：「我叫柯克，人家都叫我柯克船長，當然，我不是那個發現柯克群島的船長，我是我！」

聽了他這樣的自我介紹，我不禁呆了一呆。

我和警方的高層人員，有一定的來往，其中，傑克上校和我不知合作了多少次，也不知吵了多少次，我們見面時，從來也沒有好言好語的。

我還記得，有一次，傑克上校曾告訴我，現在，一樣有海盜，其中有一個叫柯克船長的，擁有最現代化的設備，在公海中出沒無常，走私、械劫，連國際警方，也將之莫可如何。

由於這個現代海盜的名字，和著名的柯克船長相同，所以我很容易就記住了，我實在再也想不到，今晚會見到了這樣一個人物！

既然要見我的是柯克船長這樣的人物，那麼，整件事，便變得更複雜了，而且，我還立時感到了嚴重的犯罪行為的可能！

我在呆了一呆之後，立時道：「原來是鼎鼎大名的柯克船長，你要見我作什麼？不見得是為了提供資料，好讓我寫小說吧！」

柯克船長仍是「呵呵」地笑着，他那種空洞的笑聲，給人以一種極其恐怖的感覺：「我知道你曾將經歷過的許多古怪事，記述出來，作為小說，你放心，這次我一定可以供給你一個很好的小說題材，請上來！」

我審度着當時的情勢，在柯克船長的身邊，列着十來個大漢，在遊艇上，也有四個大漢在。

我雖然剛才一出手，就將兩個大漢打得跌進了水中，但是我無法敵得過那麼多人。而且，那些人既然是在柯克船長的船上，他們自然都是亡命之徒。柯克的船，是各地著名罪犯的最佳逃難所！

不能力敵，我除了接受邀請之外，也就決沒有別的辦法可想了。

我向前走去，一面道：「我相信你的話，因為單只是和你這樣的人會面，已經可以寫成一篇小說了。」

柯克船長仍然「呵呵」笑着，他走向前來，伸手拉我，當他的手抓住我的手之際，我立時感到這個身形矮胖，其貌不揚的中年人，握力之強，遠在我的想像之上！

他將我拉了上船，才對方廷寶道：「請上來，方先生，多謝你代請到了衛先生，來，我喜歡立即開始工作，不喜歡耽擱時間。」

方廷寶顯然也想不到他的委託人，會是這樣的一個人，是以很有點神色不定。他也上了船，我和他跟着柯克船長，一起來到了一間艙房之中。

我雖然還未曾有機會參觀這艘船的全部，但是我已有理由相信那艘船上，有着一切現代化的設備，可是當我走進那間艙房時，我卻幾乎笑了出來。

那毫無疑問，是一間船長室，寬敞、豪華，可是它的一切佈置，全是十八世紀的，置身其間，根本不覺得自己是在一艘現代化的機動船上，而真的像是在一艘古老的海盜船上！

柯克船長也看出了我的神情有點古怪，他攤着手：「覺得奇怪？沒有辦法，我是一個極其懷舊的人，我懷念海盜縱橫七海的時代，那時，海盜就是海的主人，不像我現在那樣，只是一個要靠東躲西藏，逃避追捕的小偷，所以我懷舊！」

我冷冷地道：「你能夠像老鼠一樣地逃過追捕，已經很不容易了！」

我的話，可能很傷了他的心，是以在我講完了之後，他瞪着我好一會，然後才道：「好了，從此之後，為了避免不愉快，我們不再談這個問題，你們來看！」

他說着，走到了一張桌子前，桌上攤着一大幅地圖，柯克船長指着一處，道：「方先生，我知道你在這裏，曾有過潛水經驗。」

方廷寶仔細審視了地圖片刻：「不錯，在這裏，我曾深潛過三百五十呎。」

柯克的手指，在地圖上面南移，移到了許多插着小針的地方，道：「這裏，便是軍警聯合在搜尋沉機的地方，他們一共派出了十二艘船，但是他們找不到沉機。」

我沉聲道：「為什麼？」

柯克船長連頭也不抬，十分平靜地道：「因為沉機不在他們找的地方！」

他的手指向西移，移出了寸許，照地圖的比例即距離大約是十五哩，他道：「在這裏！」

我立時道：「你怎麼知道？」

但是柯克船長卻並沒有回答我這個問題，他只是自顧自道：「這裏的水深六百呎以上，方先生，你認為找到沉機的機會是多少？」

方廷寶沉吟着：「那很難說。」

他一面回答柯克船長的問題，一面望了我一眼，我又道：「我絕非深海潛水專家，你找我來幹什麼？」

柯克船長仍然不回答我的問題，只是道：「方先生，請你和我的大副去聯絡，準備下水，我已下令駛往沉機的地點了。」

直到柯克船長如此說了，我才感到，船的確已在向前駛，可能速度還很高，但由於船身極其穩定，是以若不是他說了，還當真覺不出來。

方廷寶的神情很害怕，他像是決不定如何做才好，柯克船長的態度仍然很客氣，但是他的話中，已然有了命令的意味：「請出去，我的大副已經在外面等着你了！」

方廷寶神情猶豫地望着我，我雖然是被他騙到這裏來的，也很卑視他的為人，可是，這時我卻很可憐他，他顯然完全沒有那樣的經驗。

我道：「方先生，你放心，柯克船長雖然是著名的海盜，但是他目的是要你工作！」

方廷寶苦笑着，無可奈何地走了出去，船長室的門關上之後，柯克船長忽然吁了一口氣：「你知道麼？我討厭和蠢人在一起，和愚蠢的人在一起，我會不能控制自己的緊張！」

我冷笑道：「多謝你將我當作聰明人！」

柯克船長指着一張安樂椅：「請坐！」

他自己，也在我的對面，坐了下來：「那架飛機中，有三個著名的科學家——」

本來不知有多少疑問要問他，但是他一坐下來，就已開始談到了問題的中心，是以我也不再發問，由得他講下去，只是點了點頭。

柯克船長又道：「那三個科學家之中，有一個齊博士，他帶了一件禮物，是贈送給博物院的，你知道那是什麼東西？」

我吸了一口氣：「不知道，齊博士保守秘密，沒有人知道。」

柯克船長道：「我知道，那是一個中國人，交給齊博士，要他送給博物院的。當這件東西，未到齊博士手中的時候，有人曾經出極高的價錢，向這個中國人購買這件東西，可是他不肯脫手！」

柯克船長講到這裏的時候，略頓了一頓，才補充道：「你們中國人的脾氣真古怪，叫人難以理解。」

我冷笑着，並不和他辯論有關中國人的性格。

柯克船長又道：「那方面的價錢十分高，可是得不到，他們知道那東西到了齊博士的手中，於是，就只好用最不得已的辦法了！」

我只覺得一股怒火，直向上升，我漲紅了臉：「謀殺！」

柯克船長皺了皺眉：「你不必對我大聲叫嚷，弄跌飛機的並不是我，是某方面的特務，在他們而言，弄跌一架飛機根本是一件小事，他們甚至可以挑起戰爭，那才是他們的拿手好戲。」

我瞪着他：「你扮演的又是什麼角色？」

柯克道：「我在飛機失事之後，才接到委託，要在飛機之中，將那東西取出來，交給他們。」

我霍地站了起來：「那和我有什麼關係？」

柯克船長道：「你聽我說下去，我和你一樣，是一個好奇心極強的人，當我接到這樣的委託之際，我的心中，便自然而然地想起了一個問題來——」

當他說到這裏的時候，我現出十分厭惡的神情來，表示對他所講的話，一點也不感興趣。

但是，柯克船長卻一點也不在乎我這個聽眾的反應如何，他還是自顧自地說了下去：「我想到的問題是：那究竟是什麼東西？」

我臉上的神情儘管仍然同樣厭惡，但是我的心中卻也不禁在想：的確，這是一個很令人感到興趣的問題，那東西究竟是什麼？

第三部

雲南石林遠古臆想

我還在想，由此可知，柯克和我，至少有一個共通點，那便是如他剛才所說的那樣，我和他，都是好奇心極強烈的人。

柯克船長在繼續說下去：「這的確是個很耐人尋味的問題，你想，某方面的特務所感興趣的，應該是走在科學尖端的東西，而那玩意兒，是要被送到博物院的，某國的特務為什麼會對一件老古董發生了那麼強烈的興趣，你不以為事情奇怪麼？」

我心中暗嘆一聲，我對柯克的抵制失敗了，我不得不承認。他十分會說話，而且，他深切了解對方的心理，他已找到了我這個好奇心極強的人的弱點，使我不能不接受他的話！

我自然而然地點了點頭：「是的，那太奇怪了，看來極不調和。」

柯克船長道：「所以，我才接受了這件任務，更何況對方出的價錢，是如此之高。」

我不但不再厭惡他，而且，有點開始喜歡他的坦白。他擺明就是這樣的一個人，為了錢，為了對自己有利，什麼都做，那反倒容易應付得多了，老實說，他至少比將我騙到這裏來與他會面的陳子駒和方廷寶這兩個人，要可愛得多了！

我再和他講話時的語氣，也減少了敵意，而變得和他討論起來，我問道：「既然你有了那樣的好奇心，你難道未曾向對方詢問一下，那究竟是什麼？」

柯克船長點頭道：「我問了，但是他們不肯說。」

我笑了起來：「算了，你有辦法令他們說出來的，是不是？」

柯克船長也笑了起來：「的確，我曾用了很多方法使他們說出來，但是他們堅持不肯說，不過我自己有自己的辦法，我作過一番調查，對那件東西的來龍去脈，多少有了一點概念。」

我被柯克船長的話，引得心癢難熬，忙道：「那麼，是什麼東西？」

柯克船長道：「在中國，有一個地方，叫雲南？」

我皺了皺眉，因為我不明白何以柯克船長忽然在現在這種情形之下，提起中國的雲南來，但是他既然提起了中國的一處地方，作為一個中國人，總應該有多少表示，是以我道：「是的，雲南省，那是中國許多美麗的省份之一，你提起它來，是什麼意思？」

柯克船長卻並不回答我的問題，只是自顧自說下去：「在雲南省東部，有一個地方叫路南？」

我又點了點頭，道：「是的。」

我一面回答着他，一面心中，不禁十分奇怪。老實說，像柯克船長那樣的海盜，知道中國有個雲南省，已經不容易了，至於自他口中講出雲南東部的路南地方來，簡直令人驚奇了。

柯克船長含笑地望着我：「你是一個中國人，你可知道中國雲南省的路南地方，有什麼著名的東西？」

我也笑了笑：「自然知道，路南有舉國聞名的石林，那是景色最奇特的地方，成千上萬奇形怪狀的石柱，聳立在地上，有的高達十幾丈，那是地質學上喀斯特現象形成的一個奇景。」

柯克很有興趣地聽着：「你去過？」

我道：「去過，不過，現在我們討論的事，和路南石林，有什麼關係？」

柯克船長道：「你等一會就可以明白了，請你多對我說一些石林形成的事。」

我皺了皺眉，因為我一時之間，實在猜不透柯克船長究竟是為了什麼，將路南石林，和三個知名科學家墜機，某國特務的陰謀這幾件看來完全風馬牛不相干的事聯繫起來。

我自然心急地想獲得答案，但是我也知道，如果我不是首先回答了他的問題，他是不會再往下說的，是以我道：「路南石林的景象，極其雄偉，石林的形成，有不少美麗的傳說——這些全是神話，其中之一，和八仙之一的張果老有關，關於八仙——」

我講到這裏，頓了一頓：「中國的神話傳說太多了，各個神話人物之間的來龍去脈，牽涉着許多不同的故事，除了生長在中國，從小就聽慣了這種傳說的人，才弄得清他們的關係之外，我認為一個外國人，根本無法弄得明白。」

柯克船長道：「我同意你的說法。」

我於是不再說路南石林形成的神話，我道：「從科學的觀點來看，石林這片地方，它的面積，約有二十平方里，原來是海底，那些石頭，是海底的巨石，經過了億萬年海水的侵蝕，後來由於地殼變動，海水變成了陸地之後，大石見到了陽光，這些大石全是石灰岩，容易風化，脆弱的部分，經過了上億年的風化而消失，剩下的就是千奇百怪的石柱，這種現象，在地質學上稱為『喀斯特現象』，世界各地都有，在南斯拉夫，也有一大片喀斯特現象形成的自然奇觀。」

柯克船長一直用心聽着：「那些石柱，自然都有着悠久的歷史了？」

我道：「自然，地質學家的估計是，兩億八千萬年之前，它已形成了！」

柯克船長像是十分嚮往地道：「它們的歷史，實在太久遠了！」

我好奇地望着他：「你這樣說是什麼意思？路南石林，只不過是集中了許多形狀奇特的石頭，形成了一個奇麗的景色而已，它們的年齡，並不是特色，地球上任何一塊石頭，都有上億年的歷史。」

柯克道：「是，可是它們不同。普通的石頭，並沒有被風化，你明白我的意思麼？我是說，石林中的石柱，從海底到了陸地，又經過風化作用，本來是深藏在海底的石頭中心部分，現在暴露在空氣之中了。」

我呆了片刻：「我仍然不明白你的意思。」

柯克船長忽然變得異常興奮了起來，他揮着手道：「你真的不明白？要是在三億年前，海底的一塊巨石中心部分，藏着一件秘密的東西，經過三億年之後，這件秘密東西，就可能暴露在空氣之中！」

我又呆了片刻，才道：「船長，你的想像力，實在太過豐富了！」

柯克船長搖着頭：「衛先生，你太令我失望了，照你以往的紀錄來看，你決不是用這樣的話來回答我的人！你應該同意我的想法！」

我聳了聳肩：「並不是不同意你的想法，你準備到路南石林去，在每一根石柱上，檢查有沒有什麼秘密東西，暴露在石柱之外？」

柯克道：「事實上我不必要那麼做，因為有一件東西，已經被人發現，而且，正是我們現在要去找的！」

我陡地站了起來。

在剎那間，我心中的驚訝，當真是難以形容的。

柯克道：「現在你一定完全明白了，剛才我已經說過，那件本來該陳列在博物院中的東西，是由三位科學家帶來的，而那件東西，原來屬於一個中國人，根據我了解的結果，那位中國人，是在一次路南石林的旅行之中，從某一根石柱上敲下來的。」

我深深吸了一口氣，一半像是在自言自語：「那是什麼？」

柯克船長笑了起來：「這也正是我的問題，那是什麼？請別輕視我，我的了解工作做得十分廣泛。那位中國人是一個大富翁，有一棟很大的房子，那東西曾作為他廳堂的裝飾，我甚至已約晤了見過那東西的人，據說，那是一塊形狀十分奇特的石頭，但是在石頭中，有一個圓形的球狀物露出來，那球狀物大小，約有一呎直徑，露出的部分，不足六分之一，看來相當光滑，像是一個製作極精美的金屬球。」

我道：「太有趣了，某國特務，何以會對之有了興趣？」

柯克船長道：「那是我的推測，我想，可能是其中有一個特務，看到過那東西，感到這東西有研究的價值，是以發生了興趣。」

我搖着頭：「船長，你的推測太膚淺了，如果他們僅僅認為那東西有研究的價值，他們決不會因之而謀殺了三名科學家，並毀了一架飛機，他們之所以那麼做，是因為對那東西，已有了初步的認識。」

柯克點頭道：「你說得對。」

我道：「那位中國人，他為什麼寧願將這東西送給博物院，而不願高價讓給某國呢？」

柯克道：「第一，他有錢，不在乎錢。第二，他極其憎恨某國。」

我嘆了一聲：「於是乎，造成了三個科學家沉身海底的悲劇。」

柯克船長沒有立時說什麼，船艙中沉默了大約半分鐘，我又道：「又回到老問題上來了，這件事，和我一點關係也沒有，你找我幹什麼？」

柯克船長道：「我讀過許多你的記述，知道你是對一切怪誕的事有興趣，而且想像力豐富，你相信任何尋常人認為不可能的事，我需要你這樣的一個助手。」

我並沒有立時表示我的意見，柯克船長又道：「或者，我的說法應該修正一下，我需要你的幫助，因為你有處理不可思議的怪事的經歷，我不知那東西是什麼，如果有你在一起，那麼，就好得多了！」

我瞪着他：「你的意思，是指那個球形體？你以為裏面會是什麼？」

柯克船長攤着手，道：「我不知道，完全無法想像，你想，石林形成，已有將近三億年的歷史，那東西的年齡，至少在三萬萬年以上，我怎能想像得出裏面是什麼？可能是史前怪獸的巨蛋——」

我不等他講完，便笑了起來：「好了，別再往下說了，再講下去，就變成第八流的幻想電影了！」

柯克有點不滿地瞪着我，我道：「船長，你或許不明白，中國人的手工精巧，世界聞名，我們能將象牙雕成二十三層，層層都可以轉動的象牙球，要將一個球形物體，鑲進石頭中去，令它只有六分之一露在外面，那是容易不過的事！」

柯克的神情，顯得很憤怒，他的聲音也提得很高，他道：「你不肯和我合作，還是你以前的一切記述，全是虛構的？」

我立時回答：「兩者都有！」

柯克也站了起來，他雙手按在桌上，身子俯向前，有點惡狠狠地瞪着我：「請你別忘記一點，剛才是你自己說的，某國特務一定對那件東西已有了初步的認識，是以才會做那樣的事！別忘記，某國特務決不是笨蛋，他們全是最聰明的人！」

我呆了半晌。在這以前，我已經承認過，柯克是一個十分會說話的人，這時，他用我的話來駁斥我，使我根本沒有辯駁的餘地。

我想了一想：「或許那東西真的很有研究價值，但和我不發生關係，甚至和你也不發生關係，因為就算你將它找到了，它也會立時落在某國特務的手中，他們不見得會請你我來一起研究！」

當我的話說完之後，柯克船長忽然大笑了起來，他一面大笑，一面用手用力拍着我的肩頭，道：「好朋友，你忘了一件事。」

我翻着眼：「什麼事？」

他大聲道：「你忘了，我是柯克船長！」

我立時明白了他的意思，在那一剎間，我也不禁深深地吸了一口氣。

我道：「船長，你不是在開玩笑吧，你準備欺騙他們？你明知他們不是好對付的！」

柯克船長仍然笑着：「正因為他們不易惹，我去惹他們，那才夠刺激，而且，國際警方既然找不到我，他們自然也沒有法子找得到我！」

我的腦中，那時真是十分混亂。三個科學家的死，沉在海底的飛機，某國特務的謀殺行為，一個富有的中國人送出來的東西，中國雲南的路南石林，一個球狀物，三萬萬年前的歷史，這一切一切，在我的腦中糾纏着，使我的思想，極度紊亂。

我當然極有興趣來看看那東西究竟是什麼，那正是我的興趣。

但是當我想及我必須和柯克船長在一起的時候，我就寧願捨棄我的興趣了。

所以，我在呆了半晌之後，搖着頭，道：「對不起得很，我不想和你一起永遠在海上流浪，如果你還可以稱得上君子，那麼，請你讓我回去，不論你自己如何去做，都與我無關！」

當我毅然拒絕了他的話之際，他顯得極其憤怒，他漲紅了臉，捏着拳頭，甚至連指節骨，也正「格格」地發出聲響來。

當他在發怒的時候，他看來的確十分可怖。

但是，等我把話講完之後，他那種憤怒的神情，忽然消失了，他變得有幾分沮喪，也有幾分鄙夷，揮着手，帶點疲倦地道：「好，你走吧，算我找錯了人，你可以走了，我不再需要你。」

我立時向艙門口走去，當我打開門的時候，他忽然又道：「但是，如果你真對一切不可解釋的事有濃厚興趣，那麼，你一定會後悔的。我一生之中，也遇到過不少奇特的事，但是我認為，這一件事，最值得仔細研究，也一定會有極其驚人的發現！」

柯克船長的話，的確使我動心，但是他那種鄙夷和看不起我的神情，卻傷害了我的自尊心，是以我毫不客氣地道：「祝你早日孵出一頭恐龍來！」

我不等他有什麼反應，就用力關上門，甲板上幾個大漢，好奇地轉過頭來望着我，我已跳上了船舷，立即跳到了由方廷寶駕駛來的那艘遊艇上。

我也不去理會方廷寶了，我懷疑陳子駒和方廷寶兩人，和某國方面，多少有一點聯繫，他們也有可能根本就是柯克船長的手下。方廷寶既然曾將我騙到這裏來，我這時已可以離去，當然不必關心他了。

我一上了那艘遊艇，第一件事，就是拋開纜繩，柯克的船上，有很多人望着我，但是他們並沒有阻止我。接着，我發動了引擎，遊艇在海面上轉了一個彎，向前疾衝了出去，漸漸地，柯克的船已看不見了。

當我駕着遊艇，快近岸的時候，天氣便變得惡劣起來，接着，便是滂沱大雨。

幸而這時，我早已看到了碼頭上的燈光，在一片迷霧和大雨之中，我跳上了岸，只不過奔了幾步，身上已被雨淋得濕透了。

我奔過了對面馬路，在一個電話亭避着雨，本來，我還不想吵醒白素，想等到一輛街車經過，然而等了很久，連車影都不見，我只好打電話回去，由她駕着車來接我。

大雨仍未止，當我向白素敘述的時候，就像是做了一場很長的噩夢一樣。

白素靜靜地聽着我的敘述，並沒有參加什麼意見，她也見過不少古怪的事了，是以並不感到如何驚奇。她在我講完之後，才道：「你的決定很好，和柯克船長這樣的人在一起，有什麼好處？」

我皺着眉道：「我現在在考慮，是不是應該和警方聯絡一下，告訴他們，他們找的位置不對，而且通知他們，柯克船長就在附近。」

白素微笑着：「那也不必要了，軍警聯合搜索，有着最新的儀器配備，不見得會不如柯克船長。」

她望了望窗外，自言自語地道：「天氣那麼壞，海面搜尋工作，根本無法展開。」

我洗了一個熱水浴，躺了下來，很快就睡着了，一覺睡到下午二時才醒，翻開報紙來看看，仍然是打撈工作毫無進展。

我在看完了所有的報紙之後，打了一個電話給傑克上校，當我報出了自己的名字之後，傑克上校粗聲粗氣地道：「對不起，有話快說，我很忙！」

如果不是我太了解這位上校的脾氣的話，我一定立時就放下電話了！

我道：「好的，你很忙，那麼我不說了，雖然我有一點關於沉機的資料。」

傑克上校叫了起來：「別放下電話，你是怎麼得到那資料的，是些什麼資料？說！」

我笑了起來：「你不是很忙麼？」

傑克上校咕噥地罵了一聲，我道：「現在的搜尋地點是錯誤的，我已經知道，飛機之所以會失事，是由於某國特務的破壞。」

傑克上校呆了片刻：「你真是神通廣大，我們也是才從一些迹象中，開始在懷疑這一點，你怎麼倒早已經知道了！」

我道：「這才叫神通廣大啊，上校，我建議你應用聲波金屬探測儀，將你現在的位置，向左移，那你就有機會，先發現那飛機了！」

傑克上校呆了一呆：「你說『先發現那飛機』，是什麼意思？」

我絕不想出賣柯克船長，但是，在柯克船長和傑克上校之間作一選擇，我當然選擇後者，因為我並不曾忘記，國際警方曾頒發給我一種特殊的證件，證明我和國際警方之間的特殊關係，全世界有這樣證件的人，不超過十七個。這可以說是我的一種殊榮。

是以，當傑克上校那樣問我之際，我就道：「那還不容易明白？傑克，除了軍警聯合的搜尋隊之外，還有別人，也在找尋那架沉進了海底的飛機！」

傑克上校呆了片刻，我想，那一定是我的話，令他感到震驚了。可是，出乎我的意料之外，在他呆了片刻之後，他忽然「哈哈」大笑起來：「衛斯理，你雖然詭計多端，但是這樣的謊話，決計騙不過我！」

當我向他道出了實情之後，我絕料不到他的反應竟會是那樣的，我不禁十分惱怒：「上校，我是有確鑿的證據，才向你那樣說的。」

可是傑克卻繼續笑着，像是因為他識穿了我的「陰謀詭計」，而感到十分高興。老實說，我決不欣賞傑克的為人，他那種令人討厭的自作聰明，有時，簡直是令人無法忍受的。他一面笑着，一面道：「你以為在海底打撈飛機，是普通的潛水打魚？告訴你，我們有着最新的儀器配備，尚且沒有把握可以找得到沉在海底的飛機，別向我危言聳聽，說是有什麼犯罪分子，也在打撈這隻飛機！」

我冷冷地道：「我沒有話説，我怎能對一頭驢子説什麼？」

傑克怒道：「你別出口傷人，辱駡警官是有罪的！」

我笑道：「在電話中辱駡也有罪麼？而且，你的確是一頭驢子，不但我這樣認為，連柯克船長，一定也有相同的感覺。」

在我還未曾説出「柯克船長」的名字來之際，我已經聽到了傑克發出了一連串憤怒的咆哮聲，但是他總算還好，未曾摔壞電話，是以他聽到了我最後的一句話，突然之間，他靜了下來。

過了相當長的時間，他的聲音變得平靜得多了，他道：「你是想告訴我，柯克船長這個臭名昭彰的傢伙，也在打這架飛機的主意。」

我道：「你明白這一點，那就好了！」

傑克又道：「等一等，我們的確有柯克東來的情報，但是這架飛機上並沒有什麼值錢的東西，只有三個科學家的屍體。死了的科學家，和死了的癟三，沒有什麼分別，是什麼打動了柯克的心？」

傑克既然在向我請教了，我倒也不必太為己甚，是以我沒有繼續諷刺他，只是道：「據我所知，三位科學家之中的一位齊博士，帶了一件禮物來，給本市的博物院。」

傑克道：「是，那不過是一件古董。」

我立時道：「就是這件古董，某國的特務，對之感到極大的興趣，他們因此製造了飛機失事，由於他們不便公然露面，是以才出了重價，委託柯克船長，找到這件東西，這便是整件事的過程。」傑克「嘿嘿」地乾笑着，他雖然對我的話，沒有作任何批評，但是我和他認識，決不止一年半載了，我自然知道他這樣乾笑着是什麼意思，他是根本不信我的話，但是又怕萬一是真的，是以不敢用尖酸刻薄的話駁斥我。

我不等他有進一步的反應，又道：「希望你們留意一下，別讓柯克船長先得了手！」

傑克有點心不在焉地道：「某國特務感到興趣的東西，究竟是什麼？」

本來，我可以將我和柯克船長的談話，詳詳細細告訴他的，那就得從石灰岩風化，形成「喀斯特現象」講起，再講到中國雲南省的路南石林。

但是我卻知道，就算我詳細說了之後，傑克的反應，一定仍然是一陣嘿嘿的乾笑，我自然不必為了聽他的那種乾笑而大費唇舌。

是以我只是簡單地道：「我不知道，上校，我不知道那是什麼。」

我並沒有騙他，事實上，我的確不知道那是什麼。根據柯克船長所說的，那是有六分之五，嵌在石頭中的一個圓球，然而，那圓球是什麼，他不知道，我也不知道。

我自然知道柯克的意思，他的意思是，那圓球在至少三萬萬年之前，陷在石灰岩之中，在三萬萬年之後，由於石灰岩的風化，才顯露了出來。

然而對於柯克船長的那種設想，我不敢苟同（這或者就是柯克船長對我失望的緣故），因為三萬萬年之前，那時，地球上還處於洪荒時代，可能還是三葉蟲作為地球主人的時代！

我自問是一個想像力很豐富的人，但是無論如何，我的想像力還未曾豐富到認為三葉蟲會製造一隻圓球，將之藏在海底的石灰岩中的程度。

自然，這時我所想到的一切，也未曾向傑克上校，作任何表示。

傑克在略呆了一呆之後，道：「你真的不知道？」

我道：「真的不知道，連柯克船長也不知道，但是某國特務可能知道一些梗概，要不然，他們不會如此不擇手段想得到那東西，你不妨和情報部門聯絡一下，或者可以有一點頭緒。」

傑克又呆了片刻，才道：「謝謝你，無論如何，謝謝你告訴我這些。」

聽得他說「無論如何」，我的怒意，不禁往上直冒，我幾乎忍不住又要破口大罵起來，因為說了半天，傑克仍然不相信我的話。

但是我卻沒有罵出來，我只是嘆了一聲，放下了電話。我已盡了責，實際工作如何進行，那並不是我的事，我已然通知了傑克上校，信與不信，是他的事！

除了我仍然不時在想，那東西究竟是什麼之外，倒也沒有什麼別的牽掛。

一連兩天，報上很多有關打撈工作的新聞。但是失事飛機卻仍然未曾發現。

從報上的報道來看，傑克上校最後還是相信了我的話的。因為他們變換了找尋的地點，並且派出很多水警輪，在作現場的戒備。

我相信在那樣的情形之下，即使傑克上校沒有什麼發現，柯克船長一定也揀不了便宜去。

到了第三天早上，傑克上校方面，事情仍然沒有什麼進展。我忽然想到，警方的行動，再沒有結果，可以在報上獲知，但是柯克船長是不是有了收穫，新聞記者是不會知道的。我可以到陳子駒那裏去打聽一下消息，是他藉詞騙我和柯克船長會面的，可知他和柯克船長有一定的聯絡，我不妨去打探一下消息。

第四部

專家身分參加打撈

我找出了陳子駒的卡片，駕着車，來到了商業區的一棟三十層大廈，上了二十五樓，找到了陳子駒的那家公司。當我推門進去的時候，一個笑靨迎人的女職員問：「先生，需要什麼幫助？」

我道：「我想見陳子駒先生。」

那女職員道：「可有預約麼？」

我笑了一笑：「我並不知道他偉大到要先預約才能見到，而且，前幾天他來我家中時也似乎沒有預約。」

那女職員呆了一呆：「先生是——」

我報了姓名，女職員轉身向「總經理室」走去，我跟在她的後面，在她敲門的時候，我已經踏前一步，將門推了開來，走了進去。

陳子駒在辦公桌後抬起頭來，當他看到了我的時候，他的臉色，顯得極其尷尬，我向那女職員一笑，然後我關上了門：「好久不見，打撈工作順利麼？」

我自顧自地在他的對面，坐了下來，陳子駒勉強地笑着：「我以為我們之間，已沒有糾葛了，你並未曾接受委託，是不是？」

我道：「當然是，不過我們之間，倒並不是全沒有糾葛，至少，你還沒有表示該如何感激我。」

陳子駒呆了一呆，像是不明白我那樣說是什麼意思，我湊過頭去：「別忘了，我並沒有向警方提及你和柯克船長的關係！」

當我進來之後，陳子駒一直強作鎮定地坐着，可是等到我這一句話出口之後，他卻像是被踩中了尾巴一樣，霍地站了起來，尖聲道：「我不明白你在說什麼，我和他沒有關係。」

我冷冷地望着他：「希望你在警方人員之前，語氣也同樣堅定！」

他瞪了我好一會，才像是泄了氣一樣，坐了下來：「好，你想得到什麼？老實說，在我身上，你得不到什麼好處。」

我「哈哈」笑了起來：「你以為我來向你勒索？我只不過是想來打聽一下，柯克船長的工作，有了什麼進展？」

我的話剛一說完，陳子駒還未曾作任何回答，在我的身後，突然響起了一個聲音：「如果不是你向警方作了卑鄙的報告，我已經得手了！」

那是柯克船長的聲音！

那實在是令我吃驚得難以形容。雖然我早已料到，陳子駒和柯克船長，有一定的聯絡，但是我也決計想不到，柯克船長會在這裏出現。他是一個五十餘國警方通緝的逃犯，居然公然在此出現，那膽子也實在太大了！

我立時轉過身去，只見一道暗門正在迅速移開，柯克船長自暗門中走了出來。

我聽到陳子駒立時站起來的聲音。柯克船長的臉色很陰沉可怕，他凝視着我：「我對你實在太失望了，衛斯理！」

我冷笑道：「要怎樣才不失望，跟你一起去做海盜？」

柯克船長的聲音，帶着惱怒，他道：「你明知我不是這樣的意思。那東西，被送到博物院去，決不會有人研究它，而如果在你和我的手中，那就大不相同，我所指的失望是這一點，衛斯理，你對於一個可能蘊藏着宇宙最大奧秘的東西，一點也沒有興趣！」

柯克船長這樣指責我，倒令我在一時之間，難以反駁，我只好冷冷地道：「我知道你是怎樣的一個人，誰知道你得到那東西之後，作什麼用途？」

柯克船長呆了半晌，忽然嘆了一聲：「我們算是各有各的理由，你來探聽什麼，你以為在二十多艘水警輪的監視下，我還能有什麼收穫？」

柯克船長不可能撿到什麼便宜，這是早在我意料中的事，現在已經證明了這一點。可是令我感到奇怪的是，為什麼經過了那麼多日子，軍警的聯合行動，也沒有結果呢？我還沒有將我心中的疑問提出來，柯克船長已經道：「警方何以還沒有收穫，他們應該已找到那架飛機了，為什麼他們還找不到？」

我搖着頭：「我也正在懷疑這一點，我想，可能你也受了蒙蔽！」

柯克船長道：「你是指某國特務？」

我點了點頭，柯克立時道：「不可能，我在海上，親眼看到飛機跌進海中的，沒有爆炸，完整的整架飛機，跌進了海中。」

我道：「那麼，事情便無可解釋，你一定知道，現在搜尋的地點是對的，飛機在跌進了海中之後，難道會消失無蹤？」

柯克揮着手：「不知道，真的不知道，我已經放棄在水中搜索了。」

我呆了一呆，柯克船長決不是會輕易放棄一件事的人，而我也立時明白了他的意思，我道：「你的新辦法很聰明，本來就應該那樣。」

柯克船長望着我：「我不信你已知道我準備採取什麼步驟。」

我笑着：「打賭？」

柯克道：「說出來！」

我笑得更有趣：「你果然不敢打賭，如果你打賭的話，那麼我輸了，因為我不知道你想怎樣！」

柯克也笑了起來。剛才，他的神態很是緊張，我就是因為看到了他那種緊張的神態，是以才突然轉變了念頭，故意如此說的。

事實上，柯克船長放棄了海底搜索，新的措施，再容易料到都沒有了。

他是在等着，等到警方有了發現之後，再從警方的手中，得到他要的東西。

自然，要在警方的手中，得到那東西，並不是易事，然而以柯克船長的神通而論，卻又不是什麼難事。

我那時之所以不揭穿他的原因，自然是因為如果我一語道穿，他可能另有他法，而他的別的辦法，我又未必能夠猜得着的緣故。

柯克船長走過來，拍着我的肩頭：「你並不算出賣了我，我相信你自然不會報告警方，說我在這裏？」

我道：「我不會，那是因為我知道，通知了警方，也沒有用處，你比泥鰍還滑，他們捉不了你！」

柯克得意地大笑了起來，我站起身，向門口走去，當我向外走去的時候，我已經估計到柯克船長可能會阻止我的了。

果然，我才來到了門口，還未及伸手去拉門，柯克已叫道：「衛斯理，等一等。」

我站定了身子，並不轉過身來，而在那一剎間，我緊張到極點，我實在不能不提防，因為柯克船長是一個聲名如此之壞的犯罪分子。

可是，事情倒很有點出乎我的意料之外，當我站定了身子之後，柯克船長道：「我最近幾天，又搜集到了一些有關那件東西的資料，你有沒有興趣聽一聽？」

他雖然問我「是不是有興趣聽？」，但是從他的語氣之中，我可以聽出，他實在是渴望講給我聽。人常常會有這種情形的，如果有一件事，是自己感到興趣，而明知對方也感興趣的，那麼，不講給對方聽一聽，真比什麼都難過。柯克船長那時的情形，就是這樣。

我轉過身來：「當然有，什麼發現？」

柯克船長道：「第一，那圓球形的物體，至少它露在岩石外的那六分之一，表面十分平滑光潔。」

我揚了揚眉：「你好像已經提及過這一點的了。」

柯克船長道：「還有，那圓球性物體，有極強的磁性，它可能是一塊鐵。」

我略呆了一呆，稍有地質學常識的人都知道，石灰岩之中，不會有鐵礦，自然也不可能有天然的磁鐵在石灰岩中。

我道：「你怎麼得到這些資料的？」

柯克道：「我的手下，奉命替我與一切曾見過那東西的人接觸。其中的一個抱怨說，他曾伸手撫摸過那圓球，而結果，他的一隻名貴手表，變得毛病百出，修理者說是受過強烈磁性感應的緣故。」

我笑了笑：「很有趣。」

柯克道：「如果那東西有磁性，那就證明它決不是天然生長在岩石中的東西。」

我點頭表示同意：「有人嵌進去。」

自柯克船長的臉上，可以看到一股狂熱的神情，他揮着手，加強語氣：「問題是什麼時候的人放進去的，我有一個設想——」

他講到這裏，略頓了一頓，像是怕我會出言譏嘲他的設想一樣。

等到看到我並沒有譏嘲他的意思，他才繼續說下去：「我推想，那圓球是地球還在一團熔岩時代留下來的，等到地球上的熔岩全成了岩石，它就深埋在岩石的中心，如果不是地殼變化，那一大幅石灰岩，成了石林，它永遠也不會被人發現。」

我對柯克船長，仍然沒有什麼好感，但是我對他的看法，卻多少有點改變。我佩服對事情有着一股狂熱的人，而最討厭溫吞水，柯克船長就對他自己所喜歡的事有着那股狂熱。這很合我的興趣。而且，他先後的幾個設想，也都不是完全沒有根據的。

我在他講完了之後，略想了一想：「那麼，這圓球是自何而來的呢？」

柯克船長看到我正式和他討論起來，他的興致更高，道：「這才是真正的問題，而這個問題，亂加猜測是沒有用處的，我們必須得到這圓球，才能有答案。」

我吸了一口氣：「這種圓球實在太神秘，照現在看來，誰也得不到它，因為，搜尋隊根本找不到那架飛機，飛機不見了！」

柯克船長忽然瞇着眼睛，望定了我，從他的神情看來，他好像想向我提出什麼。他望了我好一會，才道：「旁人找不到，那是因為他們的能力有問題，如果是我和你，有了儀器的幫助，又可以好好工作，不必擔心水警輪襲擊的話，一定可以找得到的。」

我表示冷淡地道：「多謝你看得起我。」

柯克船長又道：「直接說吧，我有一個提議，我和你，參加軍警的搜索組！」

我笑了起來，柯克船長真是妙想天開了，像他那樣的人物，出現在任何一個警務人員的面前，都會立時將他用手銬銬了起來的。

在我發聲笑的時候，柯克船長又急急地道：「我的計劃是，你去參加搜索工作，傑克上校一定不會拒絕，他和你合作過很多次了，而你再介紹我去，我以專家的身分出現，我們一定可以成功。」

我感到了憤怒：「你是在提議，我和你去合作欺瞞警方？」

柯克船長嘆了一口氣：「你別那麼固執，不論我過去做過什麼事，這一次，我只是想找到那架飛機，我想，你也不想那三個無辜的科學家，一直沉身海底的吧！」

柯克船長的最後一句話，倒的確打動了我的心，我猶豫了一下：「我和你有什麼把握，一定可以找到那架沉在海底的飛機？」

柯克船長道：「我自己有很多發明，我的發明，加上他們有的大型儀器，別説是海底有一架飛機，就算有一枚針，也可以找得出來。」

我冷笑：「如果照你的計劃去做，那麼，等於是通過我，將你引進警方去！」

柯克船長攤開了雙手：「那又有什麼關係？我幫警方做事，不是犯罪！」

我不禁笑了起來：「你倒真會説話，你是幫警方做事，還是想得到那東西？」

柯克船長道：「我想得到那東西，意義更大了，那和整個宇宙的奧秘有關！」

我望着柯克船長：「你究竟以為自己是什麼？是揭開宇宙奧秘的先知？」

柯克船長道：「人人都有這樣的權利，不論我是什麼人，只要我是人，就能如此！」

我搖着頭：「就算有你去參加，一定可以發現那架飛機，我也不能做這種事，將你引進去，參加警方的工作，那簡直是開玩笑！」

柯克船長嘆了一聲：「你無論如何不肯和我合作，我真不知道說什麼才好，我想以後，你對我多了解一些，會改變主意的，我其實……」

他講到這裏，略頓了一頓，像是在設想如何為他自己辯護。

但是結果，他只說了一句話：「警方有關我的那些資料，其實很多是不可靠的。」

我只是聳了聳肩，不置可否。我的態度已經很明顯，我不會照他的計劃去做。但是我卻自己有了自己的計劃，我道：「我想到了一點，那是由於你的啟發，我決定去參加他們的打撈工作。」

柯克船長又嘆了一聲：「如果你遇到了困難，不妨來找我。」

我道：「找你？」

柯克船長道：「是的，你只要找到陳先生，就隨時都可以找到我的。」

我沒有再說什麼，柯克船長的話，使我很感到意外，他那樣說，等於是我隨時可以找到他，隨時可以和警方合作來逮捕他！

而當我在那樣想的時候，我又一次領略到柯克船長的非凡聰明，他竟能猜中了我的心意，他笑了一笑，道：「我相信你，你雖然瞧不起我，但是總還不至於向警方告密！」

我攤了攤手：「事實上是，就算我向警方告了密，也未必捉得到你！」

柯克船長「哈哈」笑了起來：「隨便你怎麼想好了，我希望你能來找我，我們一起去發現這個秘密！」

我的神情和語氣，都十分堅決：「不必等，決無可能！」我一面說，一面打開了門，走了出去，等到我離開了那棟商業性的大廈之際，我回頭望了一眼，大廈高聳着，幾百個窗子，有誰能想得到，在其中的一個窗子之中，有着柯克船長那樣的人在？

我定了定神，驅車直赴警局，求見傑克上校。傑克上校雖然擺出一副不情願的樣子，但是還是讓我進了他的辦公室，他用手中的鉛筆，敲着桌子：「有什麼事，請快一點說！」

我笑道：「我想參加海上搜索隊的工作，請你批准！」

傑克立時瞪大了眼睛，望着我，隨即，他又笑了起來：「你以為自己萬能？衛斯理，潛水並不是你的擅長，算了吧！」

我道：「或者，潛水不是我的所長，但是好幾天了，搜索隊卻連飛機也沒有發現。一架飛機沉在海底，不是一枚針，沒有理由找不到的，而居然找不到，你想想，這其中是不是很有些古怪？」

傑克上校皺起了眉，不再出聲。

我笑道：「解決古怪的問題，卻是我的所長，我想，你也不能否認這一點吧！」

傑克嘆了一聲：「你真會說話，算是我說不過你，好的，你可以向林上尉去報到，作為警方邀請來協助的人，我寫公文給你。」

我看到傑克答應得如此爽快，心中也很高興：「那位林上尉是——」

傑克道：「他是一艘巡邏艇的指揮官，實際的搜索工作是由他來負責的，他現在正在海面上，要不要警方派直升機送你去？」

我簡直有點受寵若驚了，因為傑克從來也不是那樣肯和我合作的人，我站了起來，手按在他的桌子上，道：「那太好了，我有點奇怪，這一次，為什麼你竟對我如此幫忙，可以告訴我原因麼？」

傑克上校也站了起來，皺着眉，道：「事實上是，我們已開了好幾次會，正如你所說，一架飛機沉在海中，沒有理由找不到的，我們有最好的探測設備，可是一連幾天，沒有結果，我也想到這其中可能有一些特殊問題存在。」

我點頭道：「我明白了，我來得正好，是不是？」

傑克點頭道：「可以說是！」

他按下對講機的掣，吩咐秘書準備一封簡短的公文，又吩咐準備直升機。二十分鐘之後，我已經在天上。城市在迅速地遠去，向下望去，是一片碧藍的海。大海最神秘，表面上看來，平靜得似乎什麼事也不會發生，但是事實上，在海上，在海底，簡直可以發生任何匪夷所思的事情！

四十分鐘後，我看到了海面上的搜索隊，由許多船隻組成，直升機下降，停在水面，由於早已有了無線電聯絡，是以一艘快艇，在直升機剛停在水面上時，便駛了過來。我沿着繩梯，落到了快艇中，快艇駛向一艘大約有兩百四十尺長的軍用巡邏艇之後，一個年輕的上尉軍官，走過來和我握手。

這位軍官高大而黝黑，顯得很熱情，一望便知是容易相處的那一類人，他握緊着我的手，連聲道：「歡迎，歡迎，衛先生，歡迎你來幫我們解決疑難，我已召集了所有有關人員，來和你共同商討問題！」

我先將傑克的公文給了他，心想，原來我如此受重視，看來是以專家的身分來參加這項工作了。然而我的心中，總不免有點奇怪，何以他們會如此重視我。

而這個疑問，幾乎立即有了答案，那是我在進了一個寬大的主艙之後，見到了方廷寶之後的事。

方廷寶是極其出色的潛水專家，這一點，是毫無疑問的事，而我之所以受重視，原來是他不斷地在替我吹噓的緣故。

我自然也明白，方廷寶替我吹噓，是配合柯克船長的計劃的，柯克船長希望能夠通過我，使他也來參加正式的搜尋工作，只不過由於我的阻撓，柯克船長的計劃，難以得到實現，然而方廷寶以第一流專家的身分，對我的讚揚，卻起了很大的作用。

當我走進那主艙，看到了方廷寶的時候，他的神色十分尷尬，他的尷尬自然有理由，他原來為柯克船長工作，後來因為警方在海面加強巡邏和警戒，柯克船長根本無法展開工作，而軍警的搜索行動，又未有結果，方廷寶是由傑克上校聘請來為警方工作的。

方廷寶大約是怕我將他和柯克船長之間的關係說出來，但是我當然不會那樣做，至少暫時不會，因為現在如果說了出來，對於找尋那艘失蹤了的飛機，絕對沒有幫助。

艙正中是一張會議桌，桌旁除了方廷寶之外，還有不少潛水人員，軍官和警官，林上尉替我一一介紹完畢之後，一個警官，就攤開了一張海圖來。

他指着海圖中的一點：「根據種種的資料，飛機是在這裏墜海的！」

他講到這裏，抬頭向我望了一眼，我示意他繼續說下去，他又道：「我們也是從這裏開始搜索，我們所使用的儀器，可以探測到八百呎深的海底的金屬反應，而這裏的海域，其中最深的一道海溝，也只不過六百八十尺。」

那警官略頓了一頓，又道：「我們採取了圓形的搜索法，到今天為止，以可能點為中心，已經搜尋了直徑十二海哩的範圍！」

我插言道：「那架飛機的墜海地點，不可能隔得如此之遠。」

那警官道：「正是，而我們的儀器，又一切操作正常，只不過我們未曾發現那架飛機。」

我道：「海底的實際搜索，有沒有進行過？譬如說，用一艘小型的潛艇，在海底尋找之類。」

林上尉苦笑了一下：「有，但是一樣沒有發現，事實上，目力在海水中所能達到的效果，還不如儀器在海面上的探測來得可靠。也就是說，如果人可以在海底中看到那架飛機的話，儀器一定早就測到它的存在了！」

我笑了笑，道：「我的意見略有不同，我認為，人的雙眼，比任何儀器都來得可靠，因為人在看到了可疑的情形之後，立時會進行各種不同的推測，而儀器沒有這種本領。」

林上尉呆了一呆，才道：「那麼，閣下的意見是——」

我站了起來，道：「我的意見是用小潛艇在海底作實際的搜索，海面的探索，可以暫時停止了，我們是不是有那樣的小潛艇？」

林上尉立時道：「有一艘。是方先生帶來的，可以容納兩個人。」

我道：「那還等什麼？就讓我和方先生進行搜索，從飛機可能墜海的地點找起，一架飛機，決不會在海底失蹤，可能是有什麼東西將它蓋起來了，是以儀器才會沒有反應，一定要下海去看，才能發現，不知道各位是不是同意我的見解？」所有的人，在我發出了詢問之後，都點着頭，我看得出，其中真正贊成我的人，只怕還不到三分之一，其餘的人，不是由於禮貌上的緣故，便是抱着反正沒有辦法，不如照你的辦法試試的心理。我向方廷寶望去，語帶雙關地道：「方先生，很高興終於和你一起工作了！」

在場的所有人中，除了方廷寶之外，沒有別的人會了解我這句話中的意思。方廷寶的臉色變得很蒼白，他正在竭力掩飾他心中的恐慌：「很高興和你一起工作！」

我又問林上尉拿了一些資料，我們一起來到甲板上，方廷寶的那艘潛艇，就掛在甲板上，那艘潛艇的大小，恰如一輛跑車，是尖形的，前面有着一排玻璃窗，看來樣子很討人喜歡。

第五部

海底涉險

方廷寶和我，一起走向潛艇，我向他低聲道：「你可以放心，我尊重你是一個第一流的專家，是以不會做什麼別的事，希望你除了盡你的專家本分之外，也不要做任何別的事。」

我的話說得再明白也沒有，方廷寶的臉上，立時出現了十分感激的表情，頻頻點頭。我們一起攀進了那艘潛艇，他先向我解釋這艘潛艇的性能，和它的操作方法。

當他說到一半的時候，我已經知道，這艘潛艇，一定是柯克船長的傑作。

我們在艇中逗留了大約半小時，就關上了艇蓋，通過了無線電話，指揮着甲板上的人，將那艘潛艇，漸漸地沉進水中，當潛艇進入水中之後，掛鈎脫離，由方廷寶駕駛着，向前駛去，一面前駛，一面下沉，很快地，就變得貼近海底在行駛了，潛艇駛過之際，在艇尾捲起海底的海沙來，形成一股混濁，但是在艇首，倒始終是海水澄澈，可以看得十分遠。

我專心地四面看着，一面問道：「照你的看法，何以飛機落海之後，會找尋不着？」

方廷寶道：「那很難說，剛才你曾說，可能被什麼東西蓋住了，是原因之一，也有可能是恰好飛機下沉的地方，海底是一片浮沙，那麼，飛機就會沉進浮沙之中，自然也就找不到了！」

我呆了一呆：「如果照你所說，是沉進了浮沙之中，豈不是永遠沒有希望發現了？」

方廷寶道：「那只不過是我的想像，事實上這一帶的海沙，不可能超過六尺厚。」

我吸了一口氣，不再說什麼，我是在設想着，那架飛機究竟為什麼不見了。

過了一會，方廷寶道：「現在我們所在的位置，就是假設的飛機墜海地點。」

我向前看去，海底很平靜，奇怪的是，平靜得出奇，幾乎沒有魚，只有在一堆岩石上，可以看到很多附生着的海葵。

我道：「你有這一帶海域的潛水經驗？」

方廷寶點頭道：「有，超過一百小時。」

了？」

我道：「我們以這裏為中心，走圓圈看看，你不覺得海中的魚類太少

方廷寶道：「我上兩次潛水時，已經注意到這一點了，可能有一群鯊魚在附近，其他的魚都給嚇走了！」

我心中更是疑惑：「如果這種現象，已經維持一天以上，那就不會是鯊魚，鯊魚很少固定在一個地方不動，而且我們看不到鯊魚。」

方廷寶轉過頭來望我：「那麼，你以為是什麼特別的原因，會使得魚減少呢？」

我搖頭道：「我不知道，但是我可以肯定，一定有原因，在這一帶的海底，一定有着什麼不尋常的事發生，那可以肯定。」

方廷寶的神色有點緊張，我忙道：「怎麼，是感到不安全？」

方廷寶忙道：「那倒不會，這艘潛艇，有好幾件攻擊性的武器，而且最高速度十分高，根據海流，我們其實應該向南行駛才是。」

我道：「還是轉圓圈可靠！」

方廷寶遵照我的意見，潛艇一直在海底打着圈子，不多久，我就發現，當潛艇向北駛的時候，海底的情形，比較正常一些。

而當潛艇駛向南的時候，海水中的魚類，似乎愈來愈少，再接着，我們看到了海底的沙上，有着幾道極深的痕迹，直通向前去。

那樣的痕迹，在海底出現，實在十分古怪，那情形，就好像是有什麼人，在海底拖着重物走過一樣，我向那些痕迹一指：「那是什麼？」

方廷寶的神色，顯得十分嚴肅和緊張，他望着那些痕迹，像是根本未曾聽到我的問題，他的嘴唇掀動着，發出的聲音十分低，第一次，我根本聽不清楚他在說些什麼，直到他說了第二遍，我才聽到，他是在講：「天啊，這是什麼東西所造成的？」

當我聽得方廷寶是在這樣自言自語之際，我也吃了一驚，因為方廷寶是一個潛水經驗十分豐富的專家，他的潛水時間極長，見聞也極廣，現在，他既然如此說法，可知他也未曾在海底，見過那樣的痕迹！

這時，他已將潛艇停了下來，停在一塊岩石的後面，我忙問道：「這些痕迹，表示什麼？」

方廷寶道：「我不知道，但是我可以肯定，一定有什麼古怪的事在海底發生，我們不能再繼續前進，必須向上面報告！」

我呆了一呆：「向上面報告有什麼用？我們下海來，就是為了探索有什麼事在海中發生，現在已經有了發現，為什麼不再前進？」

方廷寶的神情，顯得很猶疑不決，他遲疑着不肯答覆我的問題，在我一再催逼之下，他才嘆着氣，道：「照我的估計，這些痕迹可能由巨大的海洋生物所造成的！」

看到他剛才這樣疑懼，我的心中，不禁也十分緊張。可是這時，聽得他如此說法，我不禁笑了起來，道：「我還當是某國特務的超級潛艇所造成的哩，如果是海洋生物，你怕什麼？」

方廷寶吸了一口氣：「我倒寧願有一艘敵方的潛艇在前面，你不知道，海洋中的生物，有時龐大得令人難以想像，我見過足有五尺長的大蝦，也看到過——」

方廷寶才講到這裏，我陡地看到，在那幾道痕迹向前直升過去的地方，有一大堆岩石，忽然動了起來，我才出聲一叫，只見海水陡地一陣混濁，突然之間，在混濁的海水之中，有一條直徑足有半尺，黑白相間，圓形的帶，直伸了過來，重重地擊在潛艇之上。

那一擊的力量，是如此之大，以致整個潛艇，在一被擊中之後，就像陀螺一樣，旋轉起來。

這變故實在來得太突然了，我和方廷寶兩人，根本來不及作任何的準備，當小潛艇才一翻轉的時候，我們兩人，就從座位上，跌了出來。

幸而，潛艇的內部很小，我們就算跌出了座位，也不致於跌到什麼地方去，但是那也已經夠狼狽的了，當第一次翻倒的時候，我的頭重重撞在潛艇的頂上，而我的背部，則撞到了不知道什麼硬物，那東西被我壓斷了，發出了「啪」一聲響，而我的背部，也是一陣奇痛。

接下來，根本就像是世界末日一樣，我和方廷寶兩人的身子，被拋上拋下，窗外面的海水是一片混濁，無數氣泡，向上升了起來。總算我在旋轉之中，用力拉下了一枝槓桿，潛艇在翻滾中，向後疾退了出去，等到潛艇終於停止了翻滾，我又使得潛艇停了下來之後，我和方廷寶兩人，只有喘氣的份兒。

過了好一會，我才道：「這……這是什麼？」

方廷寶的面色鐵青，他一面叫着，一面手忙腳亂地去發動潛艇。他叫道：「別問那是什麼？我們快回去！」

他攀動着槓桿，可是機器顯然已經失靈，他的面色也愈來愈青，而我也看到，潛艇的螺旋葉，斷成了三截，正在向外飄出去，我拍了拍正在忙碌操作、頭上已在冒汗的方廷寶的肩頭，向窗外指了指，方廷寶向窗外一看，就像是被判了死刑一樣慘叫：「我們完了！」

我倒不覺得事情嚴重，雖然我們剛才所受到的攻擊，突如其來，而且如此猛烈，但是方廷寶說「我們完了」，這我絕不同意。

我忙道：「為什麼完了？潛艇雖然損壞了，可是我們有全套的潛水設備，可以浮出海面去！」

方廷寶的聲音，變得十分尖銳：「離開潛艇？我們還不夠牠塞牙縫！」

聽得他那樣說，我不禁陡地一呆，忙道：「什麼意思，什麼叫做——」

我的話還未曾問完，方廷寶已然以顫抖的聲音，指着前面：「你看！」

我覺出情形十分不對頭了，是以立時向前看去。

當我在緊急中扳下後退的槓桿時，潛艇約莫後退了四五十碼左右，前面的海水一直很混濁，而這時，當我向前看去時，海水已漸漸變清，我首先看到了一座緩緩移動着的小山。

我用「小山」去形容我所看到的東西，絕不過分，那的確是一座巨大之極的小山，花白相間，我一時之間，還看不清那究竟是什麼。

但是我終於看清楚了！

在那座「小山」之下，有着許多條長的、圓的帶子，我還看到了一對巨大的，直徑足有兩尺的，閃耀着幽綠色光芒的眼睛。

我只感到一陣發麻，天，那是一隻烏賊，是一隻碩大無朋的烏賊！

而剛才那一下猛烈的攻擊，就是那大烏賊觸鬚的一揮，一定是潛艇艇首的燈光，刺激了牠，是以牠才發出了那樣的一擊！

附近海域之中，為什麼魚類特別稀少之謎，總算揭開了，而那架失事飛機之所以遍尋不獲之謎，同時也揭開了，我的意思，當然不是那隻大烏賊，將整架飛機，吞了下肚子，而是我看到，有一角機翼，就在牠龐大如山的身體下現出來。

那架飛機，本來一定是被牠的身子完全壓住了的，是以一切的探測儀器，才不發生任何作用，而剛才由於牠對我們的一擊，身子稍為挪動一下，所以，壓在牠身下的一角機翼，才顯露了出來。

我呆呆地望着我們前面不到一百碼處的那隻大烏賊，我實在不想再望那可怕的東西，但是我的視線，一時之間，竟然無法移得開去。

我聽到身邊，不住傳來「啪啪」聲，我覺得頭頸僵硬，要費很大的勁，才能轉過頭去。

而當我轉過頭去之後，我發現方廷寶正神色倉皇，滿頭大汗在擺弄無線電通訊儀，當我轉過頭去之後，他才停手，也不抹汗，道：「通訊系統損壞了，我們和上面失去了聯絡！」

方廷寶對我說那樣的話，顯然是想我提出一個我們可以逃生的辦法來。

但是，我卻也是愣愣地望着他，一句話也說不出來。

我實在是沒有話可說。

我們在一艘損壞了的潛艇中，而面對着的每一條觸鬚，至少有一百公尺長，身體大到可以蓋住整架飛機的一隻大烏賊，你說有什麼辦法？

方廷寶急得緊握着拳頭：「怎麼辦，我們不能永遠這樣等下去，潛艇中的壓縮氧氣供應，至多還能夠維持四小時！」

本來，我也在極度的慌張之中，可是在聽了方廷寶的話之後，我反而鎮定了起來。

我頓了一頓，問道：「筒裝氧氣呢？」

方廷寶道：「一共是四筒，我們兩個人，可以使用一小時左右。」

我點了點頭：「別慌張，我們可以有五小時的時間來想辦法，五小時是一段很長的時間！」

方廷寶苦笑着：「可是，那大烏賊隨時可以向我們進攻的！」

我望着前面，的確，那大烏賊隨時可以向我們進攻，但是我立即又想到了一點，我道：「我想不會，那大烏賊伏在那架飛機之上，至少已經有好幾天了，幾天內牠沒有移動過，現在牠也不至於移動。」

方廷寶吁了一口氣，我道：「照你看來，這隻大烏賊，牠在做什麼？」

方廷寶的神情雖然還惶急，但是已比較好得多了，他喘着氣：「牠……如果已經伏了幾天不動的話，那麼，牠應該是在保護牠所產的卵！」

我點了點頭，方廷寶海洋知識極其豐富，他的推測很有道理，而我也知道，烏賊的卵，孵化為小烏賊，通常需要兩個星期的時間。

那也就是說，牠暫時不會動，除非必要。

我將這一點告訴了方廷寶。方廷寶啞着聲：「你的意見是，我們離開潛艇，浮上上面去？」

我道：「正是，牠暫時不會離開，而牠的觸鬚又不夠及到潛艇，這是唯一逃生的方法。」

方廷寶搖頭道：「可是你看牠的口，牠的身體，就像是一個皮袋，當牠張口吸進海水的時候，會產生一股巨大的吸力，將我們吸過去！」

我呆了一呆，「那麼，我們只好使用你曾提過的攻擊性武器了！」我一面說，一面注意着那隻大烏賊的口。方廷寶講得不錯，海沙形成一股流動的泉，不斷地投向牠的口中，由此可知牠的口，有着極強的吸力。

而當我提及攻擊性武器之際，方廷寶又苦笑了起來，他道：「潛艇上的魚雷，只可以炸沉一艘小型的巡洋艦！」

我呆了一呆：「那還不夠麼？」

方廷寶搖着頭：「不是不夠，當魚雷擊中牠的時候，牠或者會死，但是在臨死之前，以牠堅韌的生命力而論，牠至少還可以掙扎半小時之久，在牠掙扎的時候，海底就會翻天覆地，我們肯定，會在牠之前死去！」

我呆了半晌：「那樣說來，我們沒有辦法？只能在這裏等死？」方廷寶抹着汗，現出苦澀的笑容來：「至少，我沒有辦法。」

我們一直在注視着那隻大烏賊，那隻大烏賊似乎在注視着我們，牠大而幽綠的眼睛，在緩緩轉動着，像小山一樣的身子，在作緩慢的起伏，牠的鬚時不時撥動着海水，我們隔得牠雖然還相當遠，但當牠一撥動海水之際，潛艇就會左右搖擺。

時間在慢慢過去，我和方廷寶兩人，都一句話也不說，很快就過去了一小時。

我在想，這時上面的人，自然還未曾開始為我們着急，因為我們預定在海中搜索的時間相當長，但是長時間未作報告，他們是不是已經開始起疑了呢？

想到這裏，我又不禁苦笑起來。

因為，就算上面的人，已經完全知道我們的處境，也是沒有辦法的事，似乎還沒有什麼力量可以令那隻大烏賊立時死去，而令我們脱險！

我望着方廷寶，他雙手抱着頭，身子在不由自主地發着抖，看他的樣子，活像是在作死前的祈禱。

我緩緩的轉着頭，看到了斷落在十碼之外的推進器，推進器已斷裂，但其中的一瓣，約莫有三分之二左右，如果我能將這一瓣，仍然安裝上去，那麼，我們的潛艇速度，自然大大減慢，但是總可以脱險了。

我立時推着方廷寶，當他鬆開雙手，抬起頭來時，我將我的意見，告訴了他。

方廷寶像是一個白癡一樣地望着我，對我的話，一點反應也沒有。

我完全知道他心中在想些什麼，所以我立即道：「你放心，我不是要你離開潛艇，我去！」

我打開了後艙的門，鑽了進去，關上了艙門，後艙是一個十分狹窄的空間，在那裏換上了潛水設備，又打開了一個圓門，當圓門才打開一道縫之際，海水就湧了進來，轉眼間，整個後艙便全是海水了，我才將門完全打開，然後我慢慢地浮了出去。

我出了潛艇，抓住潛艇上的環，向前望去時，我雖然並不是膽小的人，但是在我的心中，也不禁起了一股極度的戰慄之感。

我離開那隻大烏賊之間的距離，雖然沒有變，但是我和牠之間，已經毫無阻隔！

我那時的感覺之恐怖，尤甚於面對一大群沒有遮攔的餓虎！

我停了很久，直到我肯定那大烏賊並沒有因為我的出現而有所異動，我才離開了潛艇，慢慢地向前游去，我游得十分慢，足在幾分鐘之後，才到了那斷螺旋槳之旁，我伸手拾起了螺旋槳來。

也就在那時，我發現那大烏賊兩隻幽綠色的眼睛，轉了過來，望定了我。牠的眼睛，簡直像是兩盞幽靈的探射燈一樣！

我緊張得屏住了氣息，一動也不敢動，那大烏賊緩緩移動牠的鬚，向我伸過來。

在那一剎間，我實在不知道該怎麼做才是了，我是立即後退呢，還是停留不動呢？當我在考慮的時候，牠的觸鬚已到了我面前，只有三五碼處，牠觸鬚上每一個吸盤，直徑都在一尺以上，吸盤在蠕蠕移動，當真是可怖到了極點。

我仍然一動也不動，在那時候，我的感覺幾乎已全部喪失了，而更奇特的，是我再也沒有仍在地球上的感覺，我感覺到我完全是在另一個星球之上，對着一個碩大無朋的星球怪物。

我實在是無可躲避的了，但就在這時，一條魔鬼魚救了我，那條魔鬼魚就在我前面，突然游動而起，牠的身子本來是埋在沙中的，連我也未曾發現牠，如果牠繼續不動的話，我也不信那大烏賊會以牠為目標。

但是牠卻沉不住氣了，牠突然游了起來，那只不過是百分之一秒的事，大烏賊的觸鬚，立時向牠捲了過來。那條魔鬼魚，也足有兩碼長，可是一被捲住，立時就被扯向前去。

在剎那間，我身子迅速向外游了開去。

海水因為大烏賊觸鬚的迅速展動而起着漩渦，我竭力向前游着，幾乎不能相信，我居然游到了潛艇的旁邊。

這時候，在我眼前的海水，一片混濁，我根本看不清那隻大烏賊在作什麼，我只希望牠正在享受那條魔鬼魚，不會再來對付我。

我在潛水出來的時候，已帶了簡單的工具，這時，我定了定神，看螺旋槳的軸，已然扭曲了少許。

我自然沒有力量將它扭直，我只好將三分之二的殘破螺旋槳，套了上去，又用鋼線，將它固定。

一艘最現代化的小型潛艇，要用這樣破殘的方法，來安裝螺旋葉，那實在是一件十分可笑的事。可是在如今那樣的情形下，我也沒有別的辦法可想。

我盡量使螺旋葉固定得堅固，然後，我鑽進了後艙，開動抽水機，抽出了後艙中的水，才除下了潛水的裝備，回到了艙中。

我看到方廷寶雙手掩着面，身子在發抖，我大聲道：「我回來了！」

我一連說了兩遍，方廷寶才如同大夢初覺也似，鬆開了手，向我望來。

我攤了攤手，道：「試試發動，我們或者可以使潛艇移動，不致困守在這裏了！」

方廷寶卻像全然未曾聽到我的話一樣，他仍然張口結舌地望着我，半晌，他才道：「我……我看到牠的觸鬚向你伸過來！」

我道：「是的，但是接下來的事，你沒有看到？」

方廷寶聲音之中，帶着哭音：「我沒有再看下去，我……我不敢看下去！」

我拍了拍他的肩頭，一面向前看去，海水又已變得清澈，那條大魔鬼魚已經不見了，大烏賊仍然像小山一樣，伏在飛機上。我道：「別提這件事了，我已盡我所能，固定了螺旋葉，你試試後退！」

方廷寶深深地吸了一口氣，又呆了幾分鐘，在那幾分鐘之中，他的神情，顯然鎮定了不少，他拉下了槓桿，小潛艇突然左右搖擺着，抖動起來，但是儘管潛艇的身子，顫動得厲害，潛艇總算在漸漸向後退開去了。

潛艇向後退，方廷寶的信心，又增加了不少，他漸漸壓下槓桿，潛艇抖得更厲害，但是速度也更快，十分鐘之後，已經離開那大烏賊，有兩三百碼了。

在那樣的距離之下，如果不是我們早知道前面有那麼可怕的東西在，是全然無法察覺到牠的存在的，因為牠龐大的，灰白色的身體，看來簡直就是海底一大堆的石頭。潛艇還在繼續後退，然而不多久，艇身一陣劇顫，我又看到螺旋葉向外飛出去，潛艇立時翻了一個身，沉在海底不動了。

方廷寶頭上冒着汗，但是他的神情，卻十分興奮：「好了，我們可以浮上水面去了！」

我和他一起來到後艙，十分鐘之後，我們已換上了潛水裝備，慢慢地向水面上浮去。為了適應水底和水面壓力不同，我們明知在海底多耽擱一分鐘，便多一分危險，但是我們不得不在水中多停留一會。

等到我們終於浮出了水面之後，最近的船隻，離我們也相當遠，方廷寶立時射出了兩響信號槍，一艘快艇，立時向我們駛來。

當那艘快艇漸漸駛近的時候，我們看到，林上尉也在艇上。

第六部

神秘物體在海底

快艇駛到了我們的身邊，我們攀上了艇，林上尉的神情，十分緊張，連聲問道：「你們遇到了什麼意外？」

方廷寶一上了快艇，顯然是因為他才從極度的緊張之中鬆懈下來之故，他躺在快艇之上，除了喘氣之外，一句話也說不出來。

我也喘了好一會氣，才道：「上尉，只怕你怎麼也想不到，有一隻極大的大烏賊，伏在失事飛機之上，牠的身子全壓在飛機上，我們幾乎被牠吞了。」

林上尉呆了一呆，我道：「現在，飛機總算找到了，我已記得正確的位置，只要想辦法對付那隻大烏賊，問題就解決了！」

方廷寶到這時候，才站了起來：「林上尉，絕不能用任何船隻來對付那大烏賊，我們的船隻，經不起受創後的大烏賊一擊。」

林上尉似乎不相信，這也難怪他的，因為他未曾在海中親眼看到那隻大烏賊的可怕情形，那的確是不容易相信的。而我卻看到過那隻大烏賊，是以我立時同意了方廷寶的說法。

我道：「不錯，如果牠用力一擊的話，我看我們的船隻，會齊腰斷成兩截！」

林上尉聽得我也那樣説，不禁駭然道：「那麼，我們應該怎麼辦？」

我道：「撤退船隊，派飛機來，投擲深水炸彈。」

林上尉吸了一口氣：「先回去再説，我要向上級作請示。」

我道：「那麼我們至少可以先撤退船隊，那隻大烏賊現在雖然蟄伏不動，但如果牠忽然移動起來，海面上的船隻，一樣有危險！」

林上尉看來很肯聽從我的意見，他立時點頭，表示同意，一面已和上級開始聯絡。在所有的船隻，駛出了四分之一浬之後，幾架直升機，一起降落，我看到快艇迎接着傑克上校和一位少將，一起登上了艇，傑克上校一見到我，就道：「你在海底，究竟發現了什麼？」

他的話，是充滿了揶揄的意味的，但是我卻沉着臉，表示事情嚴重，我決不是在和他開玩笑，我道：「我發現了那架飛機，而有一隻極大的烏賊，伏在飛機之上！」

這時，傑克上校轉身，向他身後一個中年人望了一眼，那中年人是和傑克上校、將軍一起來的，樣子很普通，可是傑克上校一稱呼他，我就知道，他是一位著名的海洋生物學家。

傑克上校道：「朱博士，你認為有可能麼？」

朱博士的神情也很嚴肅：「有可能，據這兩位先生的報告，那隻烏賊，似乎比已經發現過的任何大烏賊都要大！」

那位將軍插言道：「我以為海洋中最大的生物，應該是鯨魚！」

朱博士點頭道：「鯨魚自然是龐大的生物，但是至今為止，海洋生物中最大的還是烏賊，這種生物，簡直可以大到無限制。」

那位將軍和傑克上校互望了一眼，傑克來回踱了幾步：「將軍，用飛機投擲深水炸彈，自然是最妥捷的辦法，但是如果炸彈的威力，足以炸死那隻烏賊的話，那麼，飛機也不會保全了！」

那位將軍沉吟着，未曾立即回答。

朱博士道：「請恕我問一句，那架飛機之中，是不是有什麼極其重要、非獲得不可的東西？」

傑克上校道：「沒有，只不過有三位科學家的屍體，必須打撈起來。」

當傑克上校那樣回答朱博士的時候，我和方廷寶兩人，互望了一眼。我們雖然沒有說什麼，但是我們都明白，彼此的心中在想什麼！

因為，在那架飛機中，重要的不是那三位科學家的屍體，而是我們要得到的那件東西。

傑克上校也知道其中一位科學家，是帶了一件東西來送給博物院的，但是也顯然並不以為那件東西有什麼大不了，所以未曾提起。

朱博士搖着頭，道：「如果只是那樣，我的意見是消滅那隻大烏賊，不理那架飛機，那三位科學家反正已經死了，而那隻大烏賊，以後會造成什麼禍害還不知道，至少目前，已可以使這一帶海域的漁船，根本一無所獲，捕不到魚！」

傑克上校吸了一口氣，望着那位將軍，那位將軍皺着眉，沉默了大約一分鐘，才道：「好，我去下命令！」

將軍、傑克上校和林上尉走了進去，我和方廷寶仍然留在甲板上。

方廷寶低聲道：「這一次，柯克船長恐怕要失望了！」

我望了他一眼：「你的意思是，如果深水炸彈炸死了大烏賊，我們就什麼也得不到了？」

方廷寶沒有再回答我的問題，他只是攤了攤手，作了一個無可奈何的神情。

海面上很平靜，船隻在海上，幾乎靜止不動，在那樣的情形，望着美麗廣闊的汪洋大海，實在是一件心曠神怡的事。

但是我卻幾乎對美麗的大海，視而不見，因為我心中只在想着那件東西，那來自路南石林的一塊石灰岩石，中間嵌着一隻金屬球，那究竟是什麼？

這件東西，如果被順利地從海底撈了起來，自然可以慢慢研究，弄個水落石出，如果牠毀在深水炸彈之下，那麼，這究竟是什麼，恐怕永遠是一個謎了。

約莫在半小時之後，我們聽到了飛機的軋軋聲，接着，看到四架飛機，一起低飛，然後，擲下炸彈，我們看到自海面升起了足有二十碼高的水柱來，大約投下了十二枚深水炸彈之多，而且，我們都可以肯定，一定已炸中那隻大烏賊了！

因為到後來，自海面升起的水柱，幾乎全是烏黑色的，一大片海水，都變成黑色。

而且，那隻大烏賊，在受了傷之後，一定未曾立即死去，而在掙扎，因為那一地區的海水，像是沸騰了一樣地在翻動着，間中，還可以看到巨大的烏賊觸鬚，翻出海面，又迅速隱沒。

足足過了半小時之後，海面才漸漸平靜了下來，在那一段時間中，幾乎所有的人，都在甲板之上，遙觀那千載難逢的奇景。

傑克上校站在我的身後，直到海面開始平靜了下來，他才道：「好傢伙，衛斯理，你說的是真話！」

我心中十分氣惱，冷冷地說：「對不起，我不知道在你的印象中，我是一個慣於說謊的人。」

那位將軍就在旁邊，傑克受了我的搶白，顯然十分惱怒，但是他卻也不敢說什麼。方廷寶在一旁和林上尉討論，他道：「我認為要潛水下去看一看，如果飛機的殘骸還在的話，一定可以撈起來的！」

林上尉則道：「我想不必了吧，不會有什麼東西剩下來的了。」

但是方廷寶卻還是堅持他的意見。我自然知道方廷寶為什麼要那樣，因為他如果能找到那東西，又將那東西交到柯克船長手中的話，他一定會有很大的好處。

我向他們走了過去：「上尉，我同意方先生的意見，而且，我準備和他一起潛水去看個究竟。」

方廷寶略呆了一呆：「衛先生，你好像並不適宜這項工作！」

我向他笑了笑：「我一定要參加，我想你也一定知道我為什麼要參加的原因！」

方廷寶深深吸了一口氣，沒有再說什麼。

這時候，船隊已繼續向前駛去，到了確定的地點，海水中仍然有着殘留的墨汁。

我和方廷寶都換上了潛水的裝備，在下水之前，隔着潛水的銅帽，我和他互望着。我突然發現，他的眼神之中，有一種很陰險狠毒的神采。

方廷寶是一個膽小鬼，這一點，我曾和他一起經歷危險，可以肯定。但是他一定也是一個極其貪婪的人，要不然，在他的眼中，決不會顯出那種狠毒的光芒。

一接觸到了那種眼光，我知道除非我們在海底，什麼也找不到，要不然，他一定會在海中，對我不利！

如果是在陸地上，我當然不會怕他，但是在海中，他是一個第一流的潛水專家，他要害我的話，再容易不過。我立即在心中警告自己，非要加倍小心不可！方廷寶在我的逼視之下，轉過頭去，我先他下水，他立時也下了海，在海水中，我們相距不到兩碼，一起向前面游了過去。

我們首先看到海底一個又一個深坑，但是卻見不到那隻大烏賊的屍體。

那隻大烏賊被炸中之後，一定仍掙扎游出了很遠才死去的，牠游了什麼地方去，自然難以揣測了！

然後，我們便看到了一截折斷了的機尾，我們將帶下來的尼龍繩，縛在那斷機尾上，用無線電話通知了水面，讓他們把機尾繫上去。

然後，我們看到了其餘的飛機碎片，有一隻座椅，正在浮脫海沙，向水面上升。

我們也找不到那三位科學家的屍體，方廷寶和我一樣，幾乎留意着每一塊海底的石頭。

我和方廷寶，都未曾見過那件我們要找的石頭，所以我們只好那樣，而且，我已經打定了主意，就算我發現了那塊石頭，我也決定不出聲。

然而，對我來說，事情不幸得很，我和方廷寶，幾乎是在同時，在一大片扭曲的機身之旁，看到了一個長方形的木箱。

那隻木箱還十分完整，只有其中的一片木板，翹了起來，我和他一起向前游去，我們同時看到，在那木箱之中，是一塊柱形的石頭：我們找到了那塊石頭！

方廷寶比我游得更快，他立時到了那木箱之前，翻了一個身，抱住了那木箱，面對着我。

我想趁他還未有所動作之前，就撲上去抓住他的手腕，可是我卻已慢了一步，方廷寶已經抽出了一柄鋒利的小刀，而且，他一抽出小刀，就向我一刀刺了過來！

我在剎那間，實在不明白他如果在海底刺死了我，如何向人交代，但是從他出刀的那一下狠勁來看，他的確想將我刺死。

我立時後退，方廷寶跟着追了上來。

在水中活動，他比我快得多，我立即被他追上，他拉住了我背後氧氣筒的氣管，我翻轉身，以雙足用力蹬向他的頭部。

他被我蹬得向後退了開去，但是在他後退之際，卻也已割斷了氣管，大量氣泡，迅速上升，我用力向上升去，我必須在我還可以屏住呼吸之前，升上海面，不然我必死無疑！

然而，我才升上了三四尺，方廷寶便拉住了我的雙足，我一面掙扎着，一面拋開了頭罩，拉過了氣管來，咬在口中，使我又獲得氧氣，那時，我和方廷寶糾纏成一團，他手中的小刀也跌落了，而且，他的氣管，也被我用力拉斷，隔着頭罩，我可以看到他那驚惶失措的神情。

本來，我是完全可以任由他死在海底的，但是我卻拉着他，一起向海面上升去，同時，還幫他將頭罩弄了下來，將斷管塞在他的口中。

等到我們兩人一起浮上了水面，我們都喘着氣，我一手拉住了方廷寶的頭髮，一手重重地在他的臉上拍着。方廷寶完全沒有反抗的餘地，他給我拍了十七八下，我才停了手，問他：「你知道我為什麼要打你？」

方廷寶半邊臉已經紅腫了起來，他連連道：「我知道，你別再打了！」

我厲聲道：「像你這種人，我應該讓你死在海底！」

方廷寶捂着臉：「是我錯了，柯克船長許我一大筆錢，我財迷心竅，請你原諒我！」

這時，船上的人已看到我們升上了水面，是以有兩艘快艇向我們馳來。在快艇還未曾駛近之前，我冷冷地道：「現在，你準備如何向柯克交代？」

方廷寶喘着氣：「我準備告訴他，什麼也沒有剩下，全給炸彈毀了！」

我略呆了一呆，因為在那時候，我也決定不下，是不是要將那東西還在海底一事，告訴打撈人員。

照說，我自然是應該將在海底的發現，報告給傑克上校知道，而如果我那樣做的話，那東西就會被打撈上來，送到博物院去。

然後，柯克船長就會用種種方法，將那東西自博物院中弄出來。

我也不得不承認，根據柯克船長所說的一切，那東西確然有着研究價值，一個圓球，嵌在石頭之中，可能是三億年之前留下來的東西，那對於一個有着強烈好奇心的人而言，的確是一種誘惑。

然而，我只考慮了極短的時間，就決定讓那東西繼續留在海底。

我想弄明白那東西究竟是什麼，但是我卻絕不想再和柯克船長這樣的人，發生任何聯繫，我打算過得一年半載，等到柯克船長完全忘記這事了，我再來這裏打撈那東西。

所以我立時又警告方廷寶：「你要記得你自己所說的話！」

方廷寶連連點頭：「是！是！」

那時，有一艘快艇，已離得我們很近了，而我警告方廷寶的時候，話又說得十分大聲，我猜想艇上的一個警員，已聽到了我的話。

（後來，事實證明，我的猜度沒有錯，那警員果然聽到了我的話。）

我和方廷寶上了小艇，回到了船上，傑克上校忙道：「怎麼了，發生了什麼事？」

方廷寶望着我，一句話也不敢說。

我不管傑克上校信還是不信，只是道：「發生了一點小意外，沒有什麼，我看，搜索行動可以停止了，那架飛機，只剩下了一些碎片，根本沒有打撈的價值了！」

傑克上校用疑惑的眼光望着我，過了片刻，才道：「真的什麼都沒有了？」

我點頭道：「你自己可以潛水下去看看的。」

傑克上校轉過身去，和那位將軍商量着，將軍顯然也同意收隊，我們由快艇登上了直升機，先行回去，下直升機的時候，一大群記者圍了上來，傑克上校、將軍和那位海洋生物學家，忙於應付記者，我和方廷寶兩人，逕自離開。

當我和方廷寶分手的時候，我又重新提了一遍我對他的警告，方廷寶連聲答應。

我看得出，方廷寶所以答應得如此毫不猶豫，一半固然是為了對我的忌憚，但是也有另一半是對我的感激。因為他企圖在海底殺死我，而我在有了殺死他的機會之際，卻並沒有下手，反倒拉着他一起升上了水面。

方廷寶並不是一個壞得不可救藥的壞人，我很相信他對我的解釋，他之所以要害我，全然是因為柯克船長許給他的報酬實在太大了，是以他才會出手的。財迷心竅，那是人之常情。

和方廷寶分手之後，回到了家中，當我花了半小時左右，向白素描述那隻大烏賊的可怖情形之後，我已疲乏不堪，在一個熱水浴之後，就沉沉睡了過去。

我不知道自己睡了多久，但是我卻是被一陣爭吵聲弄醒的，我首先聽到白素的聲音，她在高聲說話，她很少那樣高聲說話的。

她在道：「太荒唐了，他一回來，就在家中，沒有出去過，你們來找他幹什麼？」

我欠身坐了起來，心中在想：是什麼人找我來了？白素為什麼要那樣激動？

接着，我就聽到了傑克上校的聲音：「我們一定要見他，他涉嫌謀殺！」

我陡地一呆，看了看牀頭鐘，我竟睡了十小時左右。

傑克上校說我「涉嫌謀殺」，我倒絕不放在心上，因為我一直在睡覺，人在熟睡之中，是不會殺人的。

令我關心的是，什麼人被殺了？何以有人被殺，我會有重大的嫌疑？

我立時披了睡袍，打開臥室的門，當我出現在梯口的時候，我看到傑克帶了六七個警員，而那些人，一看到了我，神情大是緊張，如臨大敵！

我也立時知道，事情不是開玩笑，是以我忙道：「傑克，我在這裏，你也知道我決不會殺人，何必那樣大驚小怪？」

傑克昂着頭，望定了我，我迅速地向下走下去，傑克一直望着我：「你是唯一的嫌疑人，這位警員，他聽到你以死威脅死者！」

我向着傑克所指看去，他指着一個警員，我可以記得，那位警員，就是當我和方廷寶兩人，浮上水面之後，首先駕着快艇駛近我們的人。

我陡地吸了一口氣：「方廷寶死了？」

傑克有點不懷好意地笑了笑：「我並沒有告訴你什麼人死了！」

我只覺得怒意陡地上升，大喝一聲：「傑克，少賣弄你那種第三流的偵探術，告訴我，方廷寶是怎麼死的，死在什麼地方？」

在我的呼喝之下，傑克也顯得很惱怒，他大聲道：「我來逮捕你，你有什麼資格來問我？」

我踏前了一步，在他還來不及後退之際，我就一伸手，抓住了他制服胸前的皮帶，將他的身子，疾拉了過來。傑克的動作也十分快，他立時掣槍在手，但是他才一掣槍在手，我就伸指一彈。

那一指的力道，不算是太大，可是恰好彈在他手肘的麻筋之上，令得他手一鬆，槍「啪」地一聲，跌在地上，被我一腳踢了開去。

其餘的警員，看到了這種情形，卻呆住了，而我不等他們有任何動作，就大喝了一聲：「傑克，你聽着，不錯，我威脅過他，但是我未曾殺死他！」

傑克怒不可遏：「你們兩人，在海底顯然曾發生過打鬥！」

我道：「是的，但方廷寶活着浮出水面的，你也曾見到！」

傑克立時道：「可是，他和你一起離開機場的，離開機場之後不到一小時，他就死了，被一柄利刃刺進了心臟，死在一條冷僻的巷子中。」

當時，我的腦中極之紊亂。當然，我不曾殺人，但是在那樣的情形下，要證明我未曾殺人，最有力的證據，自然是找出兇手來。

然而，誰是兇手呢？

可能是陳子駒，可能是柯克船長！不論怎樣，方廷寶的死，和柯克船長一定脫不了關係。

當我想到了這一點之際，我鬆開了手：「走，我帶你去見柯克船長！」

傑克上校本來滿面怒容，在我將他鬆了開來的那一剎間，我看到他揮着手，像是想叫那幾個警員湧上來，將我逮捕。

但是，當我一講出了「柯克船長」的名字之際，他的神情陡地變了，變得驚愕無比，而他揚起的手，也僵在半空之中不再動。

他在呆了一呆之後：「什麼？你要帶我去見什麼人？柯克船長？」

我道：「是的，柯克船長，他匿藏在市中。我還可以告訴你，方廷寶受他收買，我曾告訴你，柯克船長也準備打撈沉機，但因為警方有了準備，他無從下手，所以才買通了方廷寶這樣的潛水專家。」

傑克上校在不由自主地喘氣：「原來你和柯克船長也有聯絡！」

我不禁又是好氣，又是好笑：「你要是再那樣夾纏不清，我不會再幫你忙，由你將我帶回去，一個最普通的律師，就可以替我洗脫罪名，究竟怎樣，由你自己去決定吧！」

當我說出了那一番話之後，傑克上校的態度，顯然軟了下來，他考慮了片刻：「如果你能帶我們找到柯克船長，那麼對於方廷寶的死因，自然會有進一步的了解。」

我回頭對白素道：「拿衣服下來給我換，不然，上校會以為我會趁機畏罪潛逃！」

白素沒有說什麼，走上了樓去。

本來，我絕對沒有打算將柯克船長在本埠一事，告訴警方。我沒有那樣的打算，柯克船長也相信我不會，以柯克船長的地位而論，他對我付出那樣的信任，絕不是一件簡單的事。

但是現在，情形不同了，方廷寶死了！而方廷寶之死，十之七八，可能死在柯克船長之手，我甚至還想到了方廷寶的死因，我的猜測是，因為方廷寶遵守着對我的諾言，不肯將在海底發現了那東西的實況告訴柯克船長，是以才招致了死亡。

傑克上校仍然呆望着我，我大聲道：「別呆立着，我這裏有電話，快調大批便衣人員，去包圍商業區的××大廈，並且密切監視其中一間打撈公司的出入人員，不然，我們可能什麼人也見不着。」

傑克略呆了一呆，他這個人，雖然有着過分的自信，但是在緊要關頭，倒還是肯聽別人的意見，他立時拿起了電話，發出了一連串的命令。

十分鐘後，我和傑克上校一起出了門，三十分鐘後，我已推開了陳子駒那家打撈公司的門。

而在我們登上樓之前，我看到至少有過百名警方人員，守在這棟大廈的四周和走廊上。我自然也知道傑克上校這時的心情，如果他能夠捉到柯克船長的話，那麼，他立時就可以成為國際知名的人物。

當我推開門，和傑克一起走進去的時候，公司的職員，都以極疑惑的眼光，望着我們，將近十個警員立時湧進來，傑克大聲道：「都留在原來的位置上，誰也不准隨便亂動！」

看到了那樣的陣仗，眾職員不禁相顧失色，我已直趨陳子駒的辦公室門口，我還未曾去開門，門便已打了開來，陳子駒探出頭：「什麼——」

他只說了兩個字，就看到了我，看到了在他公司中的那些警員，他的面色變了。

陳子駒立時要縮回身子去，但是我卻立時扣住了他的手腕，一腳踢開了門，將他推進了他的辦公室之中。

傑克立時跟了進來，陳子駒掙扎着：「這是怎麼一回事？你們幹什麼？」

傑克冷冷地道：「我們來捉人！」

陳子駒道：「有拘捕令麼？你們怎能亂闖進來？」

我冷笑一聲：「陳先生，別拖延時間了，告訴你，什麼都沒有用，整棟大廈全被包圍了，或許你有神秘的通路，但是柯克船長一定走不了！」

陳子駒的面色煞白，一句話也說不出來，我立時提高了聲音，叫道：「船長，出來吧。」

我知道柯克船長這種人的性格，他一直以為是沒有什麼人可以找得到他的，但一旦到了他發覺已被人找到的時候，這種人，也絕不會作無謂的掙扎。

那時，已有幾個警官在開始尋找辦公室中的暗門，但是我只叫了兩聲，一道暗門，就打了開來。

當暗門打開之際，氣氛真是緊張到了極點，連傑克上校手中的槍在內，至少有十柄槍，對住了暗門。可是柯克船長卻滿臉笑容地走了出來，看他走出來的那種樣子，像是他走進了一間全是老朋友在聚會的房間。

他在暗門口，略站了一站，望着我：「衛斯理，我為你感到羞恥。」

我自然明白他那樣說是什麼意思，他指我帶着警員來找他。

雖然，帶着警員來捉拿柯克這樣的犯罪分子，絕不是什麼有愧於心的事，但是在柯克這種人而言，他卻另有一套想法，他這時那樣說，自然是在譏嘲我不夠「江湖義氣」和出賣了他！

即使是根據他的思想邏輯，我也不甘心被他譏嘲，我立時道：「你才應該臉紅，船長，你殺了方廷寶！」

我的話才一出口，我就知道，我的估計，一定是出了差錯了！

因為柯克船長的臉色，陡地一變，他顯然是直到此際，才知道方廷寶的死訊，不然，他是決不會有那樣神情的。他甚至沒有說什麼，只是呆了約莫十秒鐘，才道：「謝謝你來告訴我這個不幸的消息，你是為了方廷寶的死，才帶他們來找我的？」

我在那一剎間，倒真的有點難以回答了！

的確，我是因為方廷寶的死而帶着傑克上校來找他的，但現在，方廷寶的死，顯然與他無干！

第七部

嵌在岩石中的金屬球

只不過傑克上校卻不理會這些，他已然走了過去，替柯克船長加上了手銬。柯克船長一點也沒有反抗，只是冷冷地道：「上校，是用那麼大的陣仗，來對付一個只犯了非法入境輕微罪行的人，未免太過分了吧！」

傑克上校陡地一呆，立時向我望了一眼。

的確，柯克船長並沒有在本埠犯什麼案，將他解上法庭，大不了是非法入境而已。但是，事實上，柯克船長當然不會那麼輕鬆，在他非法入境的罪名成立之後，他立即會被引渡到其他的地方去受審。

我立時道：「對於方廷寶的死，你有什麼意見？」

柯克船長道：「一點意見也沒有，我一直在這裏等着，還記得我和你約定過，我等你來邀請我一起參加打撈工作？」

我立時向陳子駒望去，陳子駒憤然地道：「船長一直在我這裏，我也早勸過他，別相信你，他卻以為你不會做老鼠一樣的事。」

我雙手緊緊握着拳，方廷寶不是柯克船長殺的，而我卻帶着傑克上校來到了這裏。

我深吸了一口氣，轉向傑克上校：「上校，沒有我的事了？」

傑克緊皺着眉：「不行，你仍然是殺害方廷寶的嫌疑人！」

我一肚子悶氣，本就無處發泄，聽得傑克那樣講法，我立時大聲吼叫了起來：「如果你要尋找真正的兇手，你就得放我走。」

傑克呆了半晌，才道：「可是你得每天向警方報到。」

我沒有再理睬他，自顧自大踏步走了出去，我的心中，煩亂到了極點，以致我幾乎不知道如何出了那棟大廈的，而等我的情緒漸漸平定下來的時候，我發現自己，是站在一家珠寶公司的櫥窗之前。

我可能已在那珠寶公司的櫥窗之前，呆呆地站了好久了，是以珠寶公司門口的守衛，以一種異樣的目光，望定了我。

我轉過身，繼續向前走去，我要去找殺方廷寶的兇手，可是我該從何處着手？

我走過了幾條馬路，又在一個櫥窗前，停了下來，我的心中仍然十分亂。

這一次，當我停下之後，自櫥窗玻璃的反光中，我看到有三個人，站定了腳步，望着我，而他們在經過了一番交談之後，其中一個人，向我走來。

當那人漸漸走近我之時，藉着玻璃的反光，我已可以將他看得十分清楚，他是一個面目極其普通的普通人，像他那樣的人，你每天可以在路上碰見一千個一萬個，而絕不會留下什麼印象。

那人來到了我的身邊，停下，也作看櫥窗模樣，我已可以肯定他一直在跟蹤着我，而這時他還在裝模作樣不開口，我冷笑一聲：「朋友，有什麼事，說！」

那人顯然料不到我會突然開口的，而我也預料着他會大吃一驚。

可是，他卻仍然是那麼鎮定，像是什麼事也沒有發生一樣，只不過略揚了揚眉，來表示他的驚訝。

從他的這種反應看來，他毫無疑問，是一個受過極其嚴格的特種訓練的人物！

他立時沉聲道：「衛斯理先生？」

我道：「我可以拿出身分證明來，供你檢閱。」

那人一點也沒有發笑的意思，他只是道：「請問，你是不是願意和一個人見見面。」

我略呆了一呆，這時，我已約略有點料到這個人，和另外兩個，站在離我不遠處的是什麼人了，他們一定是柯克船長說及的某國特務！

而這個特務如此說，顯然是他們的頭子，要和我見面，我緩緩地道：「除了特務頭子之外，什麼人我都願意見，這樣的答覆，滿意麼？」

這一次，那人不能再維持鎮定了，他的神色略變了一變，那自然是因為我一語道破了他的身分！

他後退了一步，另外兩人，立時向前走來，我立即又道：「如果用強迫的手段，我更不去！」

那人忙道：「絕不是強迫，只是請你去！」

我冷笑着，這時，一股極度的厭惡之感，自我的心底升起：「你們何必對我那麼客氣，你們已殺死了三位世界知名的科學家，又殺死了方廷寶，為什麼要對我那麼客氣？」

那人像是全然無動於衷地道：「衛先生，請原諒，我們只知道奉命行事。」

我狠狠地瞪着他們：「那麼你們是三條狗，好，狗主人在哪裏！」

那三個人仍然一點也不惱怒，那人道：「請跟我們來，就在不遠處。」

這裏是鬧市，我很難設想某國特務的高級人員，會在鬧市之中有據點。但是，當我看到這三個人中的一個，伸手不斷在腰際的皮帶扣上按着的時候，我也明白了，他是在通知他們的上司，到這裏來。

我們沿着馬路，走出了不到五十碼，一輛房車在我們身邊停下，車門自動打開，車中有人道：「衛先生，請上來，我們只不過談談。」

我毫不考慮就登上了車，車子由一個穿着黑衣服的司機駕駛，車後，坐着一個矮個子，面目也很平常，笑容可掬，看來十足像是一個小商人。

我一上了車，車就向前駛去，那小商人模樣的人道：「請放心，車子只在鬧市之中兜圈子。」

我道：「我們說話，大可不必兜圈子，是你們殺死了方廷寶？」

那人道：「這話得從頭說起，我們委託柯克船長做一件事，但是柯克船長卻出賣了我們！」

我並沒有出聲，那人又道：「柯克船長出賣我們，和你接頭的詳細經過，方廷寶都對我們作了報告！」

我的心中不禁暗罵了一聲，人實在太下流了，方廷寶一方面是柯克船長的人，然而，他同時卻又受了某國特務的收買！

我仍然不出聲，那人又道：「方廷寶潛水回來之後，我發現他又想出賣我們，衛先生，我們只不過處置了一個叛徒，你不必緊張！」

我道：「方廷寶不會叛變你們！」

那人道：「他竟編造了一個荒唐透頂的故事，說什麼有一隻大烏賊伏在飛機上，而當深水炸彈，炸死了那隻大烏賊之後，海底除了零星碎片之外，就什麼也沒有剩下了，這樣的故事，騙得了誰？」

我呆了片刻，不禁嘆了一口氣。方廷寶沒說出我和他同時在海底發現了那東西，是為了遵守諾言，還是為了別的原因。這一點，方廷寶已經死了，自然也無法求證了。

但是，那人所說的「荒唐的故事」，卻千真萬確。我在嘆了一聲之後：「你錯了，方廷寶所說的一切，是真的！」

那人瞪大了眼睛：「真的？你要叫我相信，真有一隻那樣大的烏賊？」

我道：「是的，這一點，我相信報上立刻就可以有消息，你的手下，也應該查得出，的確出動過飛機，投擲過深水炸彈。」

那人呆了一呆：「那麼，在海中，我們要找的東西，真的已不存在了？」

那人終於問到正題上來了，他這個問題，我實在十分難以回答，因為我已經知道，方廷寶死在他們的手上，而且，他們為了要得到那東西，曾經做了不少工作，謀殺了三個著名的科學家，還和臭名昭彰的海盜——柯克船長合作，如果我只是簡單地回答一聲「沒有」，他們一定不肯就此干休，那麼，我就有可能死在他們的手中，步方廷寶的後塵！

我迅速地轉着念，而且也立即決定，裝着什麼也不知道，是以我只是呆望着那人：「你們要找的？你們要找的東西是什麼？」

那人立時現出十分不耐煩的神色來：「衛先生，你是知道的，全知道的！」

我仍然搖頭：「對不起，我真的不知道！」

而當我在繼續裝成什麼也不知道之際，我知道，我可能已犯了一個極大的錯誤！因為如果對方得到我簡單的回答，說是根本未曾看過那東西，那麼，他可能不相信，但卻也只能心中疑惑。但現在我那樣抵賴，如果對方確知我知道內情，那麼，這就糟得很了。

果然，當我表示我不知情之後，那傢伙的臉色，變得極其難看，他拉長了臉：「我們以為你是痛快的人，怎知道你比方廷寶還要討厭！」

我心中很惱怒，但是我卻也無法發作，因為這時，我正在他們的手中。

我只是悶哼了一聲：「我不明白你在說些什麼！」

我既然一開始便已決定否認一切，自然不能再在半途更改，只好一直否認下去，這時，連我自己也聽得出，我的聲音，顯得十分尷尬。

那人突然哈哈笑了起來：「你為什麼人工作？」

我立時道：「我不為任何人工作。」

這句話，由於是實情，是以說來，倒也理直氣壯。

那人又道：「你如果不為任何方面工作的話，那麼，我勸你別和我們作對了……」

他講到這裏，略頓了一頓，才又道：「你敵不過我們的，而且，那東西到了你的手中，一點用處也沒有！」

我呆了半晌，那傢伙的態度雖然囂張，樣子雖然可惡，講的話也極其不中聽，但是我卻也不得不承認他所講的，乃是事實。我無法和他們作對，他們是遍佈全世界的特務組織，我怎能和他們作對呢？

但是，那人也犯了一個錯誤，他如果以為我就此便會向他們屈服，那也大錯特錯了。

我考慮了一會：「我無心與你們作對，但是你們和柯克船長一樣，都想要我的幫助，而找到一樣東西，可是卻又不肯說出那是什麼東西來。」

那人望着我，他想在我神情上看出我的感覺來，那是一件枉然的事，我就算心中慌張，面上也不會顯露半分的。他道：「那是一件很奇特的東西，為了要得到它，我們已做了不少工作，但是到手之後，究竟有什麼用處，卻也難以肯定！」

我笑了起來：「如果不是一件有用的東西，你們肯花那麼大的工夫麼？」我故意壓低了聲音：「那是什麼？是不是能夠剎那間毀滅全世界的武器？」

那人給我弄得有點啼笑皆非，但是這個特務頭子，究竟不愧是有辦法的人，他笑了笑：「衛先生，我們既然見了面，而你又知道我的身分，所以，儘管你不肯說實話，但是我卻不能不坦白，我告訴你，對於那東西，我們也只知道一點點。」

我不置可否，也不表示我很想知道那東西究竟是什麼，雖然我心中極想知道。

我記得柯克船長說過，他說，他對那東西究竟是什麼，還不甚了解，但是他相信某國特務，一定知道了不少，現在那人這樣說，和柯克船長的說法，恰好吻合。

那麼，他是不是會講給我聽，有關他們已知那東西的資料呢？

我不出聲，那人繼續講下去：「那是一件十分奇異的東西，我想先讓你看看它的外形！」

他伸手，按下了椅背上的一個鈕，彈開了一扇門來，那地方，本是豪華房車的一個酒格，但在那人的車子上，裏面卻是一個小小的文件櫃，他在櫃中抽出了幾張放得相當大的照片來，交在我的手中。我在接過照片之前，抬頭向窗外，看了一眼。

至少那人直到如今為止，還是在遵守着諾言的，因為車子只是在鬧市中打着轉。

路上的人、車都很擁擠，但是我在這輛車中，就像是在另一個世界中一樣！

我接過了照片，那人道：「這幾張照片，還是那東西在一個富翁家中陳列時，我們的人拍下來的，請你注意那隻露在石外的圓球面。」

我仔細地看着，我還是第一次看到那東西的照片，然而我對這東西，卻一點也不陌生，因為柯克船長曾向我詳細地描述過它的外狀。

那東西真和柯克船長描述的一樣，一條長條形的石筍，有大約六分之一的球體，露在外面，即使是在照片上，也可以看到，那球面是光滑細緻的金屬，那絕不會是天然的東西。

那人的手指，指着那個球面：「我們對石頭沒有興趣，重要的是那個圓球。」

我仍然不出聲，那人又道：「我說的全是實話，對於這個圓球，我們所知不多，但是已知道它有極強烈的磁性反應，強烈到難以想像的地步。」

我一樣不出聲，心中卻在想，關於這一點，柯克船長也已經向我說過了。

那人又道：「關於那個圓球，我們的人，費了很大的心機，才刮下了一點屑末來，經過化驗——」

他講到這裏，又停了一停，我登時緊張了起來，但是我仍然未曾出聲，因為我知道那人一定會繼續說下去的。果然，他在略停了一停之後，嘆了一口氣：「我們竟不知道那是什麼東西。」

我實在忍不住不發問了：「你是說，那是一種地球上所沒有的金屬？」

那人望了我一眼：「我要修正你的話，那是地球上沒有的東西，因為我們甚至不能肯定它是不是金屬。」

我皺起了眉，自照片上看來，露在石外的那球體，有着金屬的光輝，它毫無疑問，應該是金屬。然而這時，我卻也沒有理由不相信那人的話。

那人續道：「我們的科學家費了很多工夫，只能假定這些粉末的性質，和石墨有一點類似，但是它的性質卻十分穩定，地球上似乎還沒有性質如此穩定的物質，或者說，還未曾發現。」

那人微微嘆了一聲，才又道：「現在你該知道，我們為什麼極想得到那東西了？」

我並不直接回答他的問題，只是道：「我有點不明白，為什麼當那東西在那富翁家的大廳，作為擺設的時候，你們不下手？」

那人攤了攤手：「那時，我們還不能肯定這東西是不是有研究價值，而當我們肯定了這一點的時候，它已經決定交給齊博士了。」

我冷笑道：「據柯克船長說，你們曾企圖出高價購買，但遭到了拒絕。」

那人「哈哈」笑了起來：「的確是，衛先生，現在你已不能不承認，你對那東西是早已知情的了吧？」

我呆了一呆，我在無意中，已經推翻了我以前的一切否定，那使我感到相當尷尬，但是我卻仍然繃住了臉，一聲不出。

那人又吸了一口氣：「現在，我再問你一次，你和方廷寶一起潛入海底，是不是見到了那東西。」

那人的這一個問題，以十分嚴重的語氣，提了出來，我知道，如果不小心回答的話，那人一定不會再對我如此之客氣的了。

我略想了一想，才道：「我想我不必瞞你，當深水炸彈趕走了那隻大烏賊之後，我和方廷寶，再度下水，的確是為了想發現那東西。」

當我講到這裏的時候，那人欠了欠身子，現出十分關注的神情來。

我立即又道：「但是我們失望了，連續爆炸的深水炸彈，威力太大，飛機也被炸成了碎片，三位科學家的屍體，不知所終，我們什麼也沒有發現。」

那人的面色很陰沉，一聲不出。

我又道：「所以，你們以為方廷寶叛變了你們，而將他殺死，是十分不智的錯誤行為。」

那人的臉色更加難看，車子仍在市區之中，兜着圈子，我略挺了挺身：「我想，我應該下車了！」

那人卻並不示意司機停車，只是緩緩地道：「我還會來找你，希望你考慮一下。」

我已經決定不將在海底看到過放到木箱中的石頭一事對任何人說。在海底看到過那東西的，只有我和方廷寶兩人，現在方廷寶已死了，只要我不說，就決不會有人知道這件事。

所以我道：「我沒有什麼可以考慮的，事實上，我是一個好奇心極強的人，如果我在海底發現了那東西，一定早已將它弄上海面來，不會仍讓它留在海底。」

我講的話，在情理上，十分可信。

不過那人仍然抱着疑惑的態度：「或許，你準備留着，自己來研究。」

我不得不佩服那特務頭子的推測力，因為我的確是想那樣做的。但是我卻立即道：「你想想，以你們國家的科學水準，尚且不能弄明白那是什麼，我個人有什麼力量，可以獨立來研究這東西？」

那人點了點頭，看來，他對我是信任得多了，他用手指，在和司機隔開的玻璃之上彈了一彈，車子駛到路邊，停了下來。

車子一停，那人便道：「再見，衛先生。」

我開車門，跨下車的時候道：「先生，我倒不想和你再見了。」

那人笑了起來：「我們是不是再見面，那得看你今天和我講的，是不是全是實話。」

我沒有再說什麼，下了車，走上了行人道，當我再轉過身來時，那輛車子已經駛走了。

那時，我的心中十分亂，我對那東西，又有了進一步的認識：其一，那東西有強烈磁性反應，其二，是那圓球的構成物質，因某國科學之進步，尚且研究不出那是什麼物質。

我呆立了一會，才慢慢向前踱去，由於我心中一直在翻來覆去地想着事，是以在不知不覺間，已來到了離我住所不遠之處，我又停了停，停在街角，當我繼續向前走去的時候，一個高級警官，自車上跳下，向我疾奔了過來。

我站定了腳步，那高級警官直來到了我的身前：「衛先生，上校請你去。」

我皺了皺眉：「我才和他分手不久。」

那警官道：「是，但是事情又有了新的變化，衛先生，請你立即登車。」

我跟着那警官，上了那輛警車，警車上有七八名警員在，我才一上車廂，那警官便關上了車門，那使我呆了一呆，然而更使我發呆的事，還在以後！

我那時還彎着身，未曾坐下來，就看到三五個警員，一起用手槍對準了我！

就算是一個白癡，在那樣的情形之下，也可以知道事情是大大不對頭了！

但是，在那一剎間，我還只當事情有了什麼突變，易於衝動的傑克上校，又將我當作敵人了。

然而，我卻料錯了，就在那一剎間，一個一直背對我的警員，轉過頭來，向我微笑着，當我看到了那警員的面孔時，我實在不能相信自己的眼睛！

那「警員」竟是柯克船長！

那實在是沒有可能的事情！柯克船長被傑克上校帶走了，那是我親眼目睹的事，就算柯克神通廣大，那也是不可能的事。

是以一時之間，我實在是呆住了，我一生之中，不知經歷過多少稀奇的事，但是卻以現在這一件最為不可能了！然而，事實畢竟是事實，柯克船長望着我，笑着，已開了口：「感到意外，是不是？」

他已開了口，他是柯克船長，那已是沒有疑問的事情了，我深深地吸了一口氣，坐了下來。我一坐下，立時有兩柄手槍，抵住了我的腰際，而警車已然向前疾駛而出。

我像是自言自語地道：「你是怎麼逃出來的，我真不明白。」

柯克船長「哈哈」笑了起來：「你們太低估我的力量了，我的力量，無遠弗屆，這裏警方，也有我的人，當傑克想解我回去的時候，我就命令我的人發難，現在，上校還在那家潛水打撈公司的秘室之中，大發雷霆，只怕他要很久才能出來！」

我又深吸了一口氣，柯克實在是一個難以用一般形容詞去形容他的犯罪分子，他竟做了一件那樣驚人的事，我只是呆呆地望着他。

柯克船長又道：「自然，傑克上校有人作伴，大約有七個警員陪着他，而現在在這裏的，全是我的人，你不必想反抗！」

我略略看了一下車廂中的情形，我實在是沒有反抗的餘地，我只好問道：「你準備帶我到哪裏去？」

柯克搓着手，他現在，可以說是大獲全勝了，是以他的神情，也非常得意，他道：「我是從海上來的，當然回海上去。」

我吃了一驚，忙道：「我可不是從海上來的。」

柯克船長大笑了起來：「放心，我不會逼你做海盜，但是你一定要帶我到那東西所在的地點，只要我能找到那東西——」

一等他講到這裏，我便大聲道：「我根本沒有發現那東西！」

柯克船長根本不理會我的話，他只是冷冷地道：「那麼，你將要沉在海底了，真可惜，你美麗的妻子，等不到你回來了！」

我又倒抽了一口冷氣，這個萬惡不赦的海盜，他真是說得出做得到的，他是在以殺我作為威脅，要我帶他去找那東西！

第八部

剖開圓球的意外

在這樣的情形下，我再否認我未曾在海底見過那東西，也是枉然，我只好問他：「你如何這樣肯定我一定在海底見到了那東西？」

柯克笑了一下：「我早知道方廷寶出賣了我，你和方廷寶一起下水，如果你們在海底發現了那東西，方廷寶一定會在海底害你，而你們兩人，在極狼狽的情形之下，浮出海面，傑克這傻瓜，可以相信你們只在海中發生一點小意外，我不同，我知道在海底曾發生了什麼！」

柯克在講着，我一聲不出。

等到他講完了，我嘆了一口氣：「船長，我不得不佩服你的推理本領，好了，我帶你去！」

從警車的車窗外望去，車子已經駛上了往海灘的公路了，接着，警車駛出了公路，在一條高低不平的小路上駛着，直達海邊。

陳子駒也走出來，他站在海邊，有一艘船停在海邊，我已不是第一次看到那艘船，我第一次和柯克船長會晤，就是在那艘船上。

我是被幾個「警員」押着下來的，直趨海邊，登上了那艘船，當我站在甲板上的時候，看到那輛警車，在那「警官」的駕駛下，以極高的速度，衝向海中，在快到海邊時，那「警官」縱身自車中跳了出來，而車子繼續向前衝去，直衝到海水之中，轉眼之間就沉沒。

所有的人全上了船，船立時向前駛去，我被押進了駕駛艙，停在一張桌前，桌上鋪着海圖，柯克道：「請你指出地點！」

我苦笑了一下，事情發生得實在太突然了，我幾乎無法應變。

我本來的計劃是，在回到家中之後，至少在三個月之中，當作什麼事也未曾發生過一樣，然後，等事情冷下去之後，再到海中去找那東西。

在我的計劃中，柯克船長至少會在監獄度過三年五載。

可是柯克船長卻像是變魔術一樣，突然冒了出來，我的計劃自然也完全無法實行了！

我望着海面：「船長，我聲明在先，我對於這件事已完全不感興趣，當你找到那東西之後，我一定要回去，你得先答應我。」

柯克船長道：「你不和我一起研究？」

我大聲道：「我決不和你這種人一起，做任何事，那怕這隻圓球之中，會有仙女跳出來，我也不感興趣！」

聽我說得那麼堅決，柯克船長也不禁呆了半晌，他才冷笑着：「我倒認為，從我們見面起，直到現在，我的行為，並沒有什麼對不起你的地方。」

我的手指在海圖上移動着，然後，指出了我記得的地方，駕駛的船員，立時照我所指的方向，向前駛去，在那時候，我只感到十分疲倦，而且，還感到有一點昏眩，我實在想休息一下。

我後退了幾步，在一張椅上，坐了下來。

我之所以感到疲倦，當然不是生理上，而是心理上的疲倦。因為我在和柯克船長的交手過程之中，幾乎是沒有一次佔上風的。

最後，我帶人去找柯克，是以為柯克殺了方廷寶，當我知道自己料錯的時候，心中已有着說不出來的不舒服，何況忽然之間，又有了那樣的變化！

我坐着，以手撐着頭，閉上了眼睛，對於四周圍發生了什麼事，根本不加理會。我只聽得柯克船長問了我兩次，問我到時是不是想下水，但我卻沒有睬他。

我至少維持着同樣的姿勢不變，足有一小時之久，才覺出船的速度，已經慢了下來。

當我抬起頭，睜開眼來時，只見已有四個人，換上了全套的潛水裝備，站在船舷。

船終於完全停下了，那四個人相繼跳進了海中，柯克船長以一種十分異樣的神情望着我，我給他望得更不舒服，忍不住道：「你放心，我絕不是一個不肯承認失敗的無賴，我所指的地點是正確的！」

柯克船長用很低的聲音道：「希望那樣。」

正在這時，無線電通訊儀中，有了信號聲，柯克忙轉過身去，按下了一個掣，有聲音傳了出來，道：「地點正確，我們看到了一些飛機的碎片。」

柯克回過頭來，向我笑了一下。

接着，又有另一個人的聲音道：「我看到了一條大到不可思議的烏賊觸鬚。」

我道：「告訴他們，那東西是在一塊岩石的旁邊。」

柯克船長照我的話說了，過了不到五分鐘，便聽到有人道：「船長，找到了，在一個木箱中。」

柯克船長的神情興奮之極，他不由自主地揮着手：「快將它帶上來，快！」

我站了起來：「船長，是實現你諾言的時候了，請下令給我一艘快艇，我自己會回去。」

柯克望着我：「我已經找到那東西了，你難道連看都不想看一看？別忘記，那東西可能是你一生之中所見過的最奇特的東西！」

柯克船長的話，自然有着極強的誘惑力，但是我在心灰意冷之餘，這樣的誘惑，對我也不起作用了，連我自己也有點奇怪，我竟能立時拒絕，毫不考慮，或許，那是因為我很少遭到那樣的失敗，而這樣的失敗，使我心理遭到了莫大打擊的緣故。

我立時道：「不，我不感興趣！」

柯克船長又望了我片刻，才向一個船員道：「好，給他一艘燃料充足的快艇！」

那船員答應了一聲，立時走了出去，我也跟着來到了甲板上。

當我來到了甲板上的時候，已經有幾個潛水人，托着那木箱，浮上水面來了。當我看到了這樣情形之後，我不由自主，停了一停。

這時候，柯克船長也來到了甲板上，他以極其興奮的語氣叫着：「快，快一點！」

在經過了如此的曲折之後，那東西終於被他獲得，他的興奮，自然大有理由。而我心中的沮喪，也正好和他的興奮成正對比。

我站了一分鐘左右，兩個潛水人已到了船邊，那隻木箱也已由船上的船員，扯了上來，我已準備跨下快艇去了，柯克船長突然大聲叫着我的名字：「你不要看一看那神秘的東西？」

我跨下去的一隻腳，僵在半空之中。

在剎那間，我的心中，着實矛盾得可以。我的的確確，不願意再和柯克船長在一起，但是，看一看那東西，也耽擱不了多少時間，又有什麼關係呢？

柯克船長又道：「我已經答應讓你離去，你不在乎多逗留幾分鐘吧？」

我不禁嘆了一口氣，我無法不承認，好奇心太強，是我的最大弱點。雖然，無數有趣的事，也是因此而來，但是無數的麻煩，又何嘗不是由此而來？

我縮回了腳，轉過身來。柯克船長已經推開了兩個船員，來到了那木箱之前，俯身用手，用力扳開了木箱，那根石筍，已呈露在我們的眼前。

但是要等到柯克船長，將石筍翻了過來，我們才看到那露在外面的球面。

那是一種暗啞的銀白色，任何人一看到這種色澤，必然聯想到金屬。可是，據那特務頭子說，那並不是金屬，我本來是決定站立着不動的，但這時，在看到了那個球面之後，我就不由自主，向前走去。

柯克船長的神色更興奮了，他俯身用手撫摸着那灰白色的球面，漲紅了臉，叫道：「拿鎚子來！」

我忙道：「你要幹什麼？」

柯克船長抬頭望了我一眼：「自然是砸碎石頭，將這球取出來！」

我還來不及表示我的意見，一個船員，已將一柄沉重的鐵鎚，交到了柯克船長的手中。

那時，我的心中十分亂，根本不知道該如何表示我的意見才好。

我現在就站在這根來自路南石林的石筍之前，而且，事實看來，再明白不過，這隻圓球，絕不是用手工鑲嵌進去的。任何人都可以看得出來，這圓球本來一定是深藏在石頭的內部，由於石頭的風化，那個圓球才現出了球面來。

要明白那個圓球中有着什麼秘密，自然得將石頭打碎，將它完全取出來。

可是，當柯克舉起巨鎚，向下擊去的時候，我心中總有一股十分異樣的感覺，我感到柯克船長的行動是在破壞，而不是在建設。

可是，那種感覺，存在於我的心中，卻又是一個很模糊的概念，我無法具體地說出我的感覺來，是以在剎那間，我只是叫道：「小心些！」

「砰」地一聲響，柯克船長的第一鎚，已然擊下去。

他的臂力相當強，而石筍的質地，本來就不是十分堅硬，是以一鎚擊了下去，石屑四飛，可以看到的球面已經更多了！

柯克船長伸手去抹石屑，他顯得更興奮了，第二鎚又重重擊了下去。

那一鎚奏效更甚，將那根石筍，擊得斷成了兩截，那圓球已有大半露在外面了。

柯克船長敲下了第三鎚，鎚和石頭才一接觸，那隻金屬圓球，便自石中，滾了出來，柯克船長幾乎是向着那隻圓球，直撲過去的，他抱住了那隻球，捧了起來，看他的神情，像是餓極了的人，捧住了一個大麵包。

他的雙眼緊盯在那隻圓球，突然之間，他叫了起來：「天，這上面有文字！」

看到那隻圓球離開了石頭，本來我的心中，又已經決定，我離開的時候應該到了。

然而，柯克船長那一下驚喜交集的呼叫聲，卻又將我留了下來。

我看到柯克船長抬起頭來，向着我叫道：「你快過來看，這上面有着文字，那好像是中國字，你快過來看看！那是什麼！」

我實在忍不住心中的好奇，我甚至未曾考慮過，就大踏步向前走了過去，柯克船長仍然雙手捧着那圓球，只不過略向我伸了伸。

我也看到了，柯克船長並不是大驚小怪，那圓球上的確刻有文字，而且，看來也像是中國字，但我卻一眼就看出，那不是中國字——不是任何時代的中國字。

字一共有兩行，很小，很精緻，鐫刻得很深，一個一個，數了一數，一共是二十二個字。

當我仔細地看着那些文字之際，柯克船長的確是顯得很焦急，他不住問道：「什麼字，說些什麼？這圓球是什麼東西？」

我搖了搖頭，道：「你問我也沒有用，我不認識這些字，它們不是中國字。」

柯克船長的知識的確不凡，他道：「或許那是中國古代的甲骨文？」

我仍然搖着頭，道：「不可能，我是中國人，對中國文字的沿革，也有過一定的研究。我可以肯定，這不是中國任何時候的文字。」

柯克船長又道：「或許，那是印度的梵文？」

我皺着眉頭，這二十二個獨立的文字，自然也不是印度的梵文，它每一個字，看來就像是一幅精細的圖畫，筆劃有粗有細，但是卻安排得極其均勻有致。

中國的文字組織上已經可說是無懈可擊的了，但是比起這金球上的二十二個字來，卻還是瞠乎其後。

柯克船長得不到我肯定的回答，但是他卻一點也沒有顯出失望的神色來，他大聲道：「你看，我沒有料錯吧，現在便可以肯定，地球上早在幾億年之前，就有過高度的文明，當時的人，能製造出這樣的圓球來，就像是……就像是……」

柯克船長揮舞着那圓球，我問道：「就像是什麼？」

柯克船長高興地笑了起來：「就像是我們現代人，在每一次世界博覽會的時候，將現代文明的一切資料，放在一隻不鏽鋼的球中，埋到極深的地下去一樣。我認為，在這隻球的內部，也有着同樣的，三億年之前，地球人的文明的一切紀錄！」

我深深地吸了一口氣。柯克船長的譬喻，十分恰當。他捧着那金屬球，向船艙中走了進去：「來，讓我們把它剖開來，我不相信你不想知道，我們上一代的人是如何生活的。」

我不等他的話講完，便已跟在他的後面，一起走進了船艙之中。

因為那發現實在是太誘人了。柯克船長口中的「上一代人」，並不是我們一般所說，和我們這一代，相隔只有三二十年的上一代。

這「上一代」，和我們相隔，有幾億年。

地球的壽命，已經假定為四十五億到六十億年之間，而人的出現，或者說生物的出現，卻只不過幾十萬年的歷史，和地球的壽命相比較，實在微不足道。

那麼，是不是我們所知的生物出現之前，地球上的確已曾經出現過人？這些人，如果曾在地球中生活過，那麼，他們是如何滅絕的？

我在跟着柯克船長走進船艙中的時候，心中的疑問，此起彼伏，腦中只是「轟轟」的一陣亂響。

柯克船長將那圓球，放在桌子上，他的手下，已經推來了一座精巧的金屬刨牀。

我直到這時候，才定了定神：「船長，你就在這裏，便準備將它剖開來？」

柯克道：「自然，你看，我什麼都準備好了，我知道，我要得到這隻金屬球，就沒有什麼力量可以阻止我，我一定會得到的！」

我並沒有再說什麼，因為柯克船長已經將那圓球，牢牢地夾在那刨牀上，接上了電流，拉下裝有鋒利刨刀的槓桿，將刨刀接近那圓球。

當鋒利的刨刀，和那圓球接觸之際，刀鋒毫無困難地，就陷進那圓球之中。

我怪叫道：「小心些，如果你肯定球中藏有值得我們研究的東西！」

柯克船長：「我會小心的！」

他果然小心地操作，他轉動着那隻圓球，讓刨刀陷進去大約半吋左右，團團切了一周，才抬起頭來。

他道：「我假定這個圓球的球壁是半吋厚，那麼現在鬆開夾子，就可以分成兩半了，如果還分不開，那麼我就再切進半寸。」

我點了點頭，表示同意他的做法，柯克船長開始扭鬆夾子的螺旋。

那時候，我和他兩人的心情，真是緊張到了極點。

因為，那圓球之中，究竟有什麼，立時可以揭曉！

我看到夾子鬆開，柯克船長捧起了那圓球，在刨牀上頓了頓，雖然那一道痕已相當深，可是那圓球卻並沒有齊中裂開來。

柯克船長抬起頭來：「還不夠深！」

我走近去，又看那圓球上的切痕，半吋深的切痕之內，仍然是那種灰白色的物質，我點了點頭，道：「再切深半吋試試。」

柯克船長又將那圓球夾牢，沿着舊切痕，再度用削刀，切深了半吋，切痕已經深達一吋了！

但是，當圓球取出來之後，仍然沒有裂開來。

我和柯克船長兩人，都齊齊吸了一口氣，已經有了一吋深的切割，圓球還未曾齊中裂開，那就是說，球壁比我們想像中更厚。

而球壁既然比我們想像中來得厚，那麼，除了將切割加深之外，也就不會有第二個辦法。

柯克船長又將圓球夾了起來，又切深了半吋之後，情形和上兩次一樣。

我和他兩人，手心都有點冒汗，當他進行第四次切割的時候，情形更緊張了，但是在割痕深達兩吋之後，取了圓球出來，仍然未曾分為兩半。

柯克船長將圓球放在刨牀上，走過去，喝了一口水，才對我道：「衛斯理，你去試試，球壁竟厚得超過兩吋，這實在難以想像！」

的確，球壁那麼厚，這是有點難以想像的事，因為那圓球並不大，球壁厚達兩吋，它的中心部分，已沒有什麼空間了。

我吸了一口氣，正待向前走去，可是也就在那一剎間，我聽到在刨牀上的那圓球，發出了一下如同什麼東西撕裂的聲音。

我和柯克船長立時向刨牀上看去，由於接下來所發生的事，實在是我們萬萬意料不到的，是以我的敘述，可能有些顛倒，也可能有點混亂，但無論如何，對於以下當時所發生的事，我已是盡力而為的了！

當我和柯克船長兩人轉頭，向刨牀上望去之際，我們看到，那圓球已然裂了開來，圓球好像是被一種強大的力量硬生生撕裂的，我們都可以清楚地看到，圓球在裂開之際，那種灰白色的物質，被拉成很多細絲，我和柯克船長都興奮地叫了起來。

我們之所以發出興奮的呼叫聲來，自然是因為那圓球終於裂了開來，我們可以知道在那圓球之中，究竟是什麼了，但是，我們的叫聲才一出口，在不到百分之一秒的時間內，我們看到有一樣東西，自那圓球之中彈了出來！

那東西射出的速度極高，以致我們根本無法看到那是什麼東西。

自圓球射出的東西，「啪」地一聲響，射在刨牀上的鋼支杆上。

直到那時候，我們才看清，那是一隻如同高爾夫球大小的小鐵球，那小鐵球附在金屬桿上。

我們可以看清那小鐵球的時候，也不會超過百分之一秒，緊接着，整座金屬製成的刨牀，就像是紙紮的一樣，又像是一股極大的力量在擠搾它一樣，迅速地扭曲，擠成一團。

而在這不到兩秒鐘的時間內，船艙內所有的金屬物品，一起飛舞起來，以極高的速度，飛向扭曲的刨牀，附着在刨牀之上。

同時，只聽得在船艙之外的人，一起驚呼了起來，在我們根本來不及知道是發生了什麼事之際，一下隆然巨響，一隻錨，破壁而入，飛了進來，撞向那隻扭曲了的刨牀。

柯克船長大聲叫了起來，他全然是為了驚恐，是以才大叫起來的，我在那一剎間，直覺地感到，這艘船靠不住了，我一拉他的手臂：「快走！」

我們兩人一起向船艙外衝去，一出船艙，只見船舷上的不鏽鋼欄杆，已在迅速地扭曲着，船上的人，亂成了一團。

我大聲叫道：「快跳下水去！」

我和柯克船長，是同時跳進水中的，在我們跳進水中去的時候，聽到了幾下慘叫聲，那是有幾個人被飛舞着、投向船艙中的鐵器擊中時發出的聲響。

我一進入水中，便拚命向前游，當我游出了三四十碼之後，才轉過身來。

那時，發生在海面上的事情，真令我看得目瞪口呆。

那隻遊艇，像是被一種極其巨大的力量在擠搾着，木片在那種擠搾之中，紛紛飛向半空，發出劈劈啪啪的聲音，而船身在漸漸縮小，終於，縮成了一團，水面上浮滿了木片和油，那艘遊艇，已經變成了一團，沉進了水中，泛起了一陣泡沫。

前後還不到三分鐘！

海面上浮着不少人，柯克船長正在向我游來。

當柯克船長游到我身邊的時候，他急速地喘着氣：「什麼事，發生了什麼事？」

我苦笑道：「你一直和我在一起，如果你不知道發生了什麼事，我也不知道。」

柯克船長一面划着水，一面仍然喘着氣，事實上，每一個浮在海面上的人，都現出極其驚駭的神情來。

我一定也是一樣，我雖然看不到自己的臉，但是總可以感到我臉上的肌肉，在不斷地跳動。

人漸漸向柯克船長游了過來，其中有兩人，居然將一隻翻轉在海面的救生艇，翻了過來，我們都向那艘救生艇游去。

等到所有的人都上了救生艇，柯克船長點了點人數：「不見了十一個人。」

救生艇上，沒有一個人出聲，這時，大海的海面上，平靜得像是什麼事也未曾發生過一樣，只不過是那艘設備精良的遊艇已經不見了，而海面上有許多木片和油花，正在飄開去。

柯克船長轉過頭來，望定了我：「什麼事？是不是發生了爆炸？那圓球中心，是一顆炸彈？」

他在那樣説的時候，語氣是猶豫不定的。遊艇在剎那之間毀滅，那使人自然而然，聯想起突如其來的爆炸。

我緩緩地搖了搖頭，才從海中掙扎上救生艇，自然不會感到舒服，而且我們在大海中漂流，前途茫茫，只是充滿了極度的疑惑。

我一面搖着頭，一面道：「船長，你應該知道，如果是突如其來的爆炸，你和我都絕對逃不出來。」

柯克船長是一個極其堅強的人，關於這一點，實在是不應該有絲毫疑問的，可是，那時他在講話的時候，聲音中卻帶着哭音。

他道：「那麼，是什麼力量，毀滅了我的船？」

在救生艇上，沒有一個人回答得出來。

當事情發生之際，只有我和柯克船長兩人在那個艙中，如果我們兩人也得不到答案的話，那麼，其他人自然更不知道了。

在靜默中，有一個人忽然哭了起來，我循着哭聲看去，在哭泣的人，是一個身形十分魁偉粗壯的大漢，可是這時，他卻哭得像一個小孩子一樣。

他一面哭，一面道：「我們一定是觸怒了上帝，一定是上帝在懲罰我們！」

柯克船長突然呈現一種不可控制的情緒，大聲吼叫了起來，道：「你別觸怒我，觸怒了我，比觸怒上帝，還要可怕得多。」

那大漢雙手掩着臉，仍然在哭着：「沒有什麼再比剛才發生的事可怕的了，世界上不會有更可怕的事了。」

柯克船長的面色慘白，一句話也說不出來。

這時在救生艇中的那麼多人，我最鎮定。我聽得那大漢這樣說法，心中陡地一動，略為挪移了一下身子，來到了他的身邊，在他的肩頭上拍了一下，那人神經質地震動了起來。

我道：「兄弟，事情已經過去了，你可以告訴我，當時你在哪裏？」

那大漢失神落魄地道：「我在機房。」

我又問道：「在那裏發生了什麼事？」

那大漢的身子，劇烈發起抖來，我又道：「你自然不知道究竟發生什麼事，但如果你將當時的情形，詳細說一說，或許我們可以找出事變的原因來。」

那大漢又抖了好一會，才道：「我……正在機房中，有三個人和我在一起，所有的機器，突然扭曲起來，他們都像是有生命一樣，離開了原來的位置，向牆上撞去，兩吋直徑的鐵桿，扭曲得像是麵條一樣，所有的螺絲、釘子，先飛了出來，陷進了牆中，那三個人避得不夠快，被機器撞在牆上，撞得……接着，機器撞破了牆，天啊，我們一定是觸怒了上帝！」

我的身子也微微發起抖來，因為那大漢的叙述，使我想起了我和柯克船長眼前發生的事：那張刨牀，在我們的眼前，好像一隻紙紮成的東西一樣，迅速地擠成了一團，那種情形，實在令人不寒而慄！

我望了望柯克船長：「船長，你明白了麼？」

船長搖着頭，沒有說什麼。

我又道：「船長，你應該明白了，事實是，突然之間，有一股極強大的力道，對金屬，特別是鐵，發生作用，所有的鐵全被破壞，你的船被那股強大的力道，將船中的鐵全壓了出來，就此毀滅了，而來不及逃生的人，便被鐵壓在中間，壓死了。」

柯克船長喃喃地道：「那……那是什麼力道，什麼的力道強大得如此驚人？」

我的心中十分亂，但是我還是得出了一個頭緒來，我道：「照這樣的情形看來，是磁力，極大的磁力！」

救生艇上所有的人，都張大了口，合不攏來。

磁力是小學生都明白的一種力量，但是磁力強大到這種地步，這卻又不是任何人所能接受的了。

我又道：「將一塊磁鐵放在鐵粉之間，會怎麼樣，柯克船長？」

柯克船長苦笑了一下：「所有鐵粉，都向磁鐵附去，附在磁鐵之上，可是——」

我揮了揮手，打斷了他的話：「現在的情形，就是這樣，所有的鐵鑄品，全部都飛向那強大的磁力來源，就像是鐵粉一樣！」

柯克船長有點結結巴巴地道：「你是說，在那圓球中心，是一塊磁力強大到了極點的磁鐵？」

我嘆了一口氣：「一定是，那圓球本來對磁力起着隔絕作用，船長，我們闖禍了！」柯克船長的神色蒼白，我又道：「現在，遊艇中的鐵，被那點磁力中心作用，扭曲成了一個大鐵球，這個大鐵球，會受感應而變成一塊更大的磁鐵，那磁力是如此之強，我們闖禍了！」

柯克船長喃喃地道：「可是……可是它已沉進了海底！」

我搖着頭，道：「這是一股超乎我們想像力之外的強大磁力，我相信——」

我才講到這裏，就聽到海面上，傳來了一下又一下急速的輪船汽笛聲。

我停了口，救生艇上許多人，都現出十分興奮的神色來，有船來了，他們自然都以為自己可以得救了！

但是我卻一點不樂觀，相反地，我心直向下沉。

第九部

魔鬼一樣的強大磁力

汽笛聲愈來愈近，一艘船已在我們的視線之內出現，我已經可以看清它是一艘相當舊的貨船，但是它向前駛來的速度之快，令得我們每一個人，目瞪口呆！

它簡直不是向前駛來，而是向前直衝了過來的，速度之快，簡直可以和噴射機衝向跑道時的速度相比擬。一艘這樣殘舊的貨船，不可能以那樣的高速行駛，但是現在，它的確以那麼高的速度向前衝來。

我們都可以看到，這艘船的船身，在搖擺着、震盪着，也可以看到船員在甲板上慌張地奔來奔去。

我突然之間，衝動地叫了起來：「快棄船！」

可是，不論我如何叫，船上的人自然聽不到，然而我還是不斷叫着，直到柯克船長的手，緊緊握住我的手臂，我才停止了叫喚。

而這時候，事情已經發生了。

那艘貨船，來到了剛才我們那艘遊艇沉沒的地方，突然傾側，我們離開那地方並不遠，都可以聽到鋼板的斷裂聲，也可以看到貨船身上的起重機架，折裂、倒下，迅速地沉入海中。

那種下沉，和鋼鐵在海中的自然下沉不同，顯然是被一種極大的力道硬扯下去的，是以在海面上出現了巨大的漩渦。

我們也看到，這艘貨船上的船員，在貨船傾側之際，有很多個跌進了海中，他們在海面上，根本連掙扎的機會也沒有，就隨着急速旋轉的漩渦，而被捲進了海底。

那艘傾覆了的貨船船身，急速向下沉去，轉眼之間，便被海水吞沒。

但是事情到這裏，還沒有完全完結，在貨船被海水吞噬之後，許多木箱浮了上來，那些木箱大都全被擠碎了，但中間也有一兩個是完整的。

木箱在海面上飄了開去，整艘船上的人，竟沒有一個浮上水來。我想像着那些船員被夾在扭曲的鋼板之上，變成了死人的情形，忍不住想嘔吐。

救生艇上沒有一個人出聲，因為剛才發生的事，實在太恐怖了，就像是世界末日一樣。過了好久，我才低聲道：「你猜那艘貨船，在海底變得怎麼樣了？」

我那時講話的語氣，就像是我自己在問自己，在我的話出口之後，也沒有人來搭腔。

過了好一會，柯克船長才道：「根據你的想法，那艘貨船上所有的鋼鐵，一定已將我的遊艇包住，而這些鋼鐵，也已受了感應，變成了強力的磁鐵！」

我點了點頭，突然之間，我尖叫了起來：「我們得趕快向全世界發出警告，警告所有的船隻，不能經過這裏，也警告所有的飛機，不能飛臨這裏的上空！」

當我在那樣尖叫的時候，我的神情，實在已經處在一種極不平衡的狀態之中了，而所有的人，都睜大了眼睛望着我。

我以一種不能遏制自己衝動的姿態大聲喝道：「你們望着我作什麼？」

柯克船長這時倒比我還要鎮定些，他道：「他們除了望着你之外，也實在沒有別的辦法，我們自己也在海上漂流，有什麼法子可以通知全世界？」

我不由自主，喘起氣來。

不錯，我們正在海上漂流，我們無法確定自己現在是在什麼方位，也絕沒有法子呼救。而且，我們離兩艘船沉沒的地點，也愈來愈遠。

我極力使自己鎮定下來：「船長，你還記得我們出事地點的正確位置？」

柯克船長望着我，像是一時之間，不明白我那樣說是什麼意思。

我道：「如果你記得，那麼我們一脫險，就立時可以向全世界發出警告。」

柯克船長又呆了片刻，才喃喃地道：「我記得，可是我們什麼時候脫險呢？」

的確，我們什麼時候，才能結束在海上的漂流呢？

大海在許多文人的筆下，美麗無匹。的確，當你在豪華的船上，欣賞着海景的時候，大海是美麗的，但是當七八個人擠在一艘救生艇中，作毫無希望的漂流之際，觀感就完全不同了。

我說我們的漂流是「毫無希望」，倒一點不是誇大之詞，我們逃走得既然如此倉惶，自然不可能有任何食物飲料帶出來。在太陽的蒸曬下，我們每個人的臉上，都已泛起了一層鹽花。

而且可以看得出，在很多人的臉上，已經有着死亡的陰影在籠罩着了。

我們什麼時候可以遇救呢？根本沒有人説得上來！

天慢慢黑了下來，當猶如一團紅火樣的太陽在海面上消失之後，天完全黑了，救生艇仍然在海面上漂着，有一個人想拉開喉嚨唱歌，可是他發出來的聲音，卻令人無法忍受得下去。

柯克船長大聲喝道：「住口！」

那人卻突然站了起來：「你已不再是船長了，我喜歡怎樣就怎樣！」

直到這一刻，我才見到柯克船長凶狠得令人難以置信的一面，救生艇是那麼小，但是柯克船長在那人的話才一出口之後，還是向前疾撲了出去，他雙手立時扣住了那人的脖子。

救生艇在劇烈地震盪着，搖晃着，我趕緊也撲了過去，想將柯克船長的手拉開來，但是柯克船長的氣力是如此之大，以致我竟拉之不動。

那個剛才對柯克船長出言不遜的人，現在嘗到了苦果，他的雙眼，緊緊凸了出來，他雖然還在掙扎着，但已經漸漸忍受不住了！

我看到這等情形，揚起了掌來，就待向柯克船長的後腦，劈了下去。

雖然，這絕不是適宜打鬥的時刻和地方，但是看來，除非能將柯克船長擊昏過去，不然，我想那人一定要被柯克船長扼死了。

可是，就在我揚起手來之際，柯克船長竟然先發制人，他的雙手並沒有鬆開那大漢的脖子，他只是將那大漢陡地拉近，雙臂一縮，雙肘便重重撞在我的胸前。

那一撞的力道極大，而且是我絕不會提防的，我的身子一晃，幾乎跌下海去！

我自問要和柯克船長對打，不會敵不過他，只是當我又站定了身子之際，我已沒有必要再和他打鬥了，因為剛才被他雙手扼住脖子的那人，已經倒了下來，誰都可以看得出，他已經死了！

柯克的面色鐵青，他嘶啞地叫道：「我是船長，我仍然是船長，你們明白了麼？」

除了我之外，所有的人都立時叫道：「是！」

有兩個人討好地道：「船長，將這個人拋下海去吧！」

柯克船長冷冷地道：「不，留他在救生艇上，我們可能要靠他來救命！」顯然是每個人都明白柯克船長那樣說法是什麼意思，因為剎那之間，人人都靜了下來。

我自然也明白柯克船長那樣說是什麼意思，是以我的心頭，起了一股異樣的噁心之感，我忍不住叱道：「柯克，你在提議我們吃人肉？」

柯克倏地轉過身來，向我發出獰笑，在黑暗中看來，他的兩排牙齒，在閃閃生光，他失聲道：「是的，兄弟，吃人肉，而且是生的！」

我急速地喘着氣，柯克一定是瘋了，沒有一個神經正常的人，會說出如此可怕的話來的。

但是，我卻又不得不承認，柯克船長這時的面色雖然難看，然而他的神情卻很鎮定，他直視着我，又用他那種冷酷無情的聲音道：「不必太久，當我們在海上漂流四日或是五日之後，你就會因為少分一隻手指，而和人打架，兄弟！」

我並沒有再回答他，我也絕不想再回答，我只是在恨自己，何以在柯克讓我離去的時候，我竟然不走，而留下來要看那隻圓球。

如果我當時走了……

這樣想，其實是毫無意義的，因為事實上我未曾走，以致現在，和這個公然倡議將死人留下來吃的瘋子，同在一艘救生艇上！

我的一生之中，有着許多不可思議的經歷，也有很多，是極其恐怖的，但是再沒有更比現在的處境，更令人作嘔的了。

柯克船長還在盯着我，看他雙眼之中所發出來的那種暗綠色的光芒，簡直比一頭專吃腐肉的老鼠還要不堪，我厭惡地轉過頭去，海水黑而平靜，而柯克船長則在我轉過頭去的那一剎間，桀桀怪笑起來。

我實在很難詳細說出這一夜，是怎麼過去的。在大多數的時間內，所有的人都保持着沉默，間中，有人在發出低沉的埋怨聲，我幾乎一直望着海面。

奇怪的是，我一點也不感到飢餓，或許是柯克船長的行為，仍然使我感到要嘔吐的緣故。但是我覺得口渴，異常地口渴。

我曾在沙漠中迷失過路途，也曾被口渴痛苦地折磨過，但是現在，我至少明白了一點，在沙漠中感到口渴，和在海中感到口渴，完全不一樣。

在沙漠中，你根本見不到水，口渴的時候，還可以勉強忍受，但是在海中，你極目所見的全是水，然而，你又不能喝那些水，海洋在地球上佔那麼大的面積，而人竟然不能飲用海水，這實在是一個莫大的諷刺。

我已記不清楚自己第幾次用幾乎乾枯的舌頭，在舐着乾裂的嘴唇了，我想使自己睡着，但是卻無法做得到這一點，雖然事實上，我疲倦透頂。

然後，在不知經過了多少時間之後，天亮了。

我慢慢的轉過頭來，救生艇上的每一個人，雙眼之中，都佈滿了血絲，臉上也都帶着死亡的陰影。

我才轉過頭去，柯克船長便盯住了我，我心中立時想到，柯克和他的手下，都是一些窮凶極惡的罪犯，他們一旦在海上獲救，也必然難以逃得脱法律的制裁，那麼，就算有船隻出現，他們會怎樣呢？

我找不出答案來，我只可以肯定一點，那就是至少在現在，他們是盼望獲救的。

那個死人仍然在救生艇上，事實上，也很難分辨得出那是一個死人，因為每一個活人的臉色，都和死人差不多。我們在海上漂流了還不到二十四小時，情形已經變得這樣糟糕了，真叫人難以想像，再下去，會有一些什麼樣的事情發生！

我閉上了眼睛，陽光曬得我沾滿了鹽粒的皮膚，隱隱生痛。我那時候在想，我一定可以比所有的人支持得更久，那是因為我曾經受過嚴格的中國武術訓練之故。但是，柯克船長是不是會讓我支持到最後呢？

正當我在那樣想的時候，突然間，好幾個人，一起叫了起來，我知道有什麼事發生了，我立時睜開眼來，我看到了一隻船。

那是一艘中國式的木帆船，雖然是一艘漁船，三根桅上全張着帆，它正在向着我們駛來。

救生艇上有好幾個人不由自主地跳着，以致令得救生艇幾乎傾覆，柯克船長大聲呵叱着，各人才靜了下來，柯克先下令將那死人推到海中，然後轉過頭來，對我道：「先生，跳下去！」

我早已想到過這一個問題，是以我那時表現的鎮定，很令柯克船長吃驚。

我緩緩搖着頭：「你以為我會服從你的命令？你才應該跳下去！」

柯克船長獰笑着：「有船來了，我們必須獲救，如果你在，我們會被送進監獄，你別以為你敵得過我們這麼多人！」

我回頭向那艘漁船望了一眼，大約再有三十分鐘，它可以駛近我們了，我道：「在陸地上，或者不能，但是在這艘小艇上，你不妨試試。」

柯克船長陰森地道：「你堅持要和我們在一起，那也好辦，上船後，我就會將船上所有人殺掉！」

我的心中陡地一凜，柯克船長是說得出做得到的，但是我立即更形鎮定。來的是一艘中國漁船，毫無疑問，船上一定是中國漁民，而我是中國人，我有太多辦法，來對付柯克船長。柯克船長一面說着，一面立時揮了揮手，兩個人向我撲了過來，但也立時被我揮拳擊中了他們的咽喉，令得他們痛苦地伏了下來。

我大聲道：「我可以將你們一個個拋下海去，來的是一艘中國船，你們自然也看到了，想要獲救的人，應該全聽我的指揮。」

還有兩個人，已然站了起來，想要來對付我的，但是聽了我的話，他們都呆了一呆，柯克船長大聲吼叫着，推開了那兩人，向我衝了過來。

他和我打鬥，並沒有持續多久，我已拗過了他的臂骨，令得他的臂骨，發出「格格」的聲響來，全然無法作任何的反抗。

而這時，那艘漁船，離我們的救生艇也只不過三十碼左右了，那是一艘大型的機動帆船，我不知道他們是從哪裏來的，可能是台灣，或者是香港、新加坡，但船上全是中國人，我已可以肯定了。

救生艇上所有的人，這時全部都站了起來，我放大喉嚨吼叫道：「你們聽着，這救生艇上，全是強盜，你們千萬要小心！」

我用幾種不同的方言，叫着同樣的話，等到我用到閩南一帶的方言，那漁船上的人，有了反應。

那時，船已離救生艇只有十來碼了，有五六個人，甚至急不及待地跳下水中，向漁船游去。

我又叫道：「別讓他們上船，他們全是窮凶極惡的強盜，別讓他們上船。」

我一面仍然扭緊了柯克船長的手臂，自柯克船長的口中，發出了一陣如咆哮也似的聲音來。

漁船的引擎早已停止活動了，但是漁船還在向前滑來，終於「砰」地一聲響，撞在救生艇上。漁船上的人果然聽我的話，有幾個人游到了船邊，向上攀去，但是漁船上的人紛紛用竹篙將那些人，重又刺回到海中。

船上的兩個人，拋下了繩索，我命令還在救生艇上的人：「將救生艇拴好！」

那些人略為猶豫了一下，有兩個人就照我的話去做，等到繩子拴好了之後，我用力將柯克船長向前一推，推得他向前跌出了兩步，然後，我手足齊用，沿着繩子，爬到了船上。

我一到了漁船上，就向還在海水中掙扎的人叫道：「上救生艇去，你們會得到水和食物，如果一定要上船，那只有死！」

那些人上不了船，只好紛紛向救生艇游了過去，我喘着氣，轉過身來：「請駛到最近的港口去，給他們食物和水，我有極緊急的事！」

那船上的漁民呆了半晌，才由一個年老的漁民問我：「先生，你究竟是什麼人？」

我自然無法和他們解釋我究竟是什麼人，以及發生了什麼事，是以我只好道：「請你照我的話去做，我負責賠償你們的任何損失，你們的船上，可有無線電通訊設備？」

那老年漁民搖了搖頭，道：「我們只有收音機。」

我道：「最近的港口在哪裏？」

那老年漁民說了一個地名，我甚至未曾聽到過這個地名，然而我卻毫無選擇的餘地，我必須盡快趕到任何有通訊設備的地方去。

是以我道：「好，就到那裏去！」

一個小伙子捧了一瓢水來，我大口喝着，向下望去，柯克船長他們，全在救生艇上。

我吩咐漁民將食物和水吊下去，然後，船便向前駛去，漁船一向前駛，救生艇便變成掛在漁船的後面，漁船的速度相當高，海水不時濺進救生艇中，在救生艇的人，自然不會十分舒服。

但是，想想他們全是窮凶極惡的犯罪分子，柯克船長剛才還在威脅着要殺死船上的所有人，那也就絕不值得去同情他們。

我在甲板上躺了下來，向漁民借了收音機，收音機中，正在報告着一艘貨船突然在海上消失的消息，說是搜索船隻和飛機，正在進行搜索。

聽到了這個消息，我的心中，更是着急，因為去搜索那艘貨船的船隻和飛機，可能遭到如同那艘貨船同樣不幸的命運。

漁船在黃昏時分，抵達了那個小港口。

在那半天的航程中，我不時注意柯克船長。他在救生艇上，只是雙手掩着臉坐着，除了曾喝過幾口水之外，他甚至不吃任何東西。

從他的樣子看來，他極其沮喪，自然，他有值得沮喪的理由，因為他雖然曾經有好幾次佔上風，但是終於全盤失敗。

我們在漁船，並沒有直駛向碼頭，而且在離碼頭還相當遠的地方，停了下來，我請兩個漁民，去和水警聯絡，等到一艘破舊的水警輪駛向我們的時候，我才知道，那是泰國的一個小漁港。

上漁船來的那位警官很年輕，當他聽到了我說，在救生艇上的那些人，是著名的海盜柯克船長和他的部下時，他高興得忍不住叫了起來。

試想想，全世界的警務人員都想將之拘捕的著名犯罪分子，竟落在這個小地方的警官手中，對那位年輕的警官而言，實在沒有一樣禮物，再比那個犯人，更令他興奮了。

他立時大聲發着命令，救生艇上的人，全被銬上了手銬，我又表示有緊急的消息，要利用長途通訊設備，那警官立時派出了一艘快艇，將我送到了當地的警局。

這是一個小地方，警局的簡陋，簡直令人難以置信，但是總算可以接通長途電話，我叫出了傑克辦公室的號碼，等了足足有二十五分鐘之久。

在那二十五分鐘之內，我不停地喝着水，抹着汗，我焦急得幾乎以為我不能聽到傑克的聲音了！

但是我終於聽到了他的聲音，我道：「上校，我是衛斯理，我在泰國！」

傑克上校沒好氣地道：「你在泰國幹什麼？」

傑克上校曾被柯克船長反鎖在密室中，他雖然已經脱困，但是心情一定不會十分好。

而我在這時，卻無法理會他的心情是不是好，我必須盡快地將消息告訴他。我道：「上校，我有一件十分重要的事，有一艘貨船神秘失蹤了，是不是？請盡快通知，任何船隻或飛機，都不可以接近那個地區！」

接着，我就向傑克説出了那地區的正確位置。

傑克上校呆了片刻：「為什麼？你在發什麼神經？」

我道：「在電話中，我很難向你説得明白，請你照我所説的去做，我已經將柯克船長和他的十幾個部下，交給了泰國的警方！」

傑克上校一聽到柯克船長的名字，立時大聲罵了起來，他罵得十分激動，我自然知道是什麼使他如此激動的。我等他罵完，才道：「我盡快趕回來，但是請你先將我剛才的警告轉達出去。」

傑克上校道：「好。」

當我放下了電話之後，長長地吁了一口氣，直到這時，我才明白自己是如何地疲倦和飢餓。

泰國的警察總部特地派了一架飛機來，這個小港口根本沒有機場，是以派來的是一架水上飛機。

我是和柯克船長和他的部下，以及幾個地位極高的警官一起到達曼谷，然後，我不理會他們的挽留，而立時飛了回來。

傑克上校在機場上等我，他一見我下機，便立時迎了上來：「我轉達了你的警告，但是，各方面都想知道為什麼？」

我道：「想知道為什麼的人在哪裏，你可以召集他們，我向他們報告！」

傑克上校道：「自然可以，你先回家去，兩小時後，到警方的會議室來。」

我的的確確需要回家休息一下，雖然只有兩小時的時間，也是好的，所以我點着頭，向前走去，白素和傑克完全不一樣，她只是站着笑着，像是她的丈夫不是死裏逃生，劫後歸來，而像是一次普通的旅行回來一樣。

她也知道我夠疲倦的了，甚至不向我問什麼，到了家中，我舒服地坐在陽台上，才將此行的經過，向她詳細說了一遍。

第十部

永耗不盡的動力

等我說完，白素才吃驚地道：「那怎麼辦？那麼強大的磁力，存在於海底，豈不是會造成巨大的災禍？」

我嘆了一聲：「自然不能讓它就此停在那海底，得設法將它移走。」

白素苦笑着：「將它移走？用什麼東西移動它？甚至不能有一點鋼鐵接近它！」

我呆了半晌，才道：「只好用木頭船了！」

白素沒有說什麼，她下廚替我煮了一碗清湯火腿蝦仁麵，當我吃完了那碗麵時，和傑克上校約定的時間，也已經差不多了。

果然，我放下筷子不久，傑克上校的電話就來了！他道：「有關人員全部到齊了，請你立即就來。」

我問道：「到你的辦公室？」

傑克道：「不，你直接到會議室來，想和你見面的人十分多，多得出乎你的意料之外！」

我放下電話，白素看到我神態十分疲憊，立時道：「我和你一起去，我送你去。」

我握着她的手，我們一起出了門，在三十分鐘後，我們就來到了會議室的門口，一位守在門口的警官，一看到了我們，就推開了門，我和白素才一走進去，就嚇了一跳，整個會議室中，密密麻麻，全是人！

那是一間相當大的會議室，足可以容納七八十人而顯得很寬裕，但是現在，足有兩三百人，那自然顯得極其擁擠了。

我呆立在門口，傑克上校向我走來，他在我身邊站定，但是卻面向着眾人，大聲道：「各位，這位就是衛斯理先生，和他的夫人。」

會議室中，立時響起了一陣交頭接耳的嗡嗡聲，但是這陣聲音，很快就停了下來。

傑克上校又對我道：「人太多了，我不一一向你介紹，我們所有的客人，全是各國的領事、軍方的代表，以及船公司、航空公司的代表。」

我放眼看去，可以看出，在會議室中的那些人，都是很有身分的人物，而且他們的神態，也大都顯得十分焦躁不安。

我點了點頭，傑克上校道：「好了，現在，你應該向我們解釋一下，為什麼你要求所有的船隻和飛機，不經過那個區域，並且請你報告，目擊那貨船失事的情形。」

我緩緩吸了一口氣，這件事，要說起來，千頭萬緒，真不知應該如何說才好，但是我必須詳細說明，因為這件事關係實在太重大了！

我略想了一想，就道：「請各位耐心一點聽我講，因為這件事，非從頭說起不可！」

雖然我說「要從頭說起」，但是事實上，我仍然省略了很多不必要的部分，我首先提起雲南省的石林，接着，便說到了石林中的一根石筍，有一個圓球的表面，露在外面，引起了某國特務的垂注。

當我說到這裏的時候，我看到座間有三四個人，現出相當不安的神情來。不用說，他們一定就是某國的外交人員了。

接着，我便說到柯克船長邀我合作，我並未提及我和柯克船長之間的反覆糾葛，而立即說到，柯克船長終於在海底得到了那根石筍，取得了那個圓球，就在他的遊艇上，剖開了那個圓球。

然後，我就敘述着發生的事：遊艇的毀滅，我們漂流在海上，貨輪衝過來，也沉沒在同樣的地點。

我講完了這些事實，略頓了一頓，那時，會議室中靜得出奇，一點聲音也沒有。在我還沒有開口之前，傑克上校問道：「那是一種什麼力量？」

我的聲音，變得相當低沉，我道：「照我的推斷來看，那是一股極其強大的磁力。」

這句話一出口，會議室中，立時又響起了一片嗡嗡聲來，我立時提高了聲音：「聽來，那像是不可能的事，但是我相信我的推斷正確！」

有一個中年人站了起來：「如果那是強大的磁力，那麼，照你來說，應該引起地球磁場的變化才是！」

另一個身形高大的中年人也站了起來，他朗聲道：「我支持衛先生的看法，各位，我接到我們國家好幾處觀察站的報告說，地球磁場，曾經在衛先生所說的那段時間中，連續受到干擾。」

會議室中的話聲更雜亂了，我大聲道：「請各位靜一靜，聽這位先生再說下去！」

那身形高大的中年人又道：「可是這種干擾，在兩小時之中，迅速減弱，終於變成零。」

我呆了一呆：「這是什麼意思？」

那人道：「這證明在地球的某一地區，的確出現過一股強大得不可思議的強大磁力，但是這股磁力，雖然強大到足以影響整個地球磁場，但是在兩小時之中，不斷減弱，直到磁力完全消失。」

我呆了片刻：「你的意思是，這股磁力，現在已不再存在了？」

那人道：「從我得到的資料來看，結果正是如此。」

我心中感到十分迷惑，那股強大之極的磁力，如果真的消失了，那自然是大大的幸事。

可是，它是不是真的消失了呢？

會議室中，各人交頭接耳，議論紛紜。白素低聲在我耳際講了兩句話，我立時道：「各位，要證明這件事，是很簡單的，我們可以請本埠的警方，安排一艘大木船，讓我們到那地方去觀察一下！」

那個身形高大的中年人道：「事實上，可以用任何船隻，駛近那地點，因為磁力已然消失了，我相信科學儀器的探測紀錄。」

有好幾個人同時道：「我們總得去看一看！」

「我們總得去看一看」的這個提議，得到了大多數人的同意。傑克上校立時去安排船隻，一組科學研究人員，也去安排儀器，我們定在明早出發。

在未曾經過實地觀察之前，為了小心起見，大家也都同意，船隻和飛機暫時不經過那個區域。

第二天，一共是三艘帆船，載着我們出發。

海面上風平浪靜，視野無垠，為了小心起見，每艘船的船首，都安置着磁力反應儀器，準備一旦儀器有了報告時，立時棄船而登上事先準備好的小木艇。

本來，我們準備完全採用木船的，但是那畢竟是一個相當長的航程，用木船的話，實在太浪費時間了，是以才採取了折衷的辦法，用機帆船前往，而一等到磁力測定儀有非常的反應時，就立時棄船。

在海上航行了幾小時，我又經過了一夜充分的休息，可以說是神清氣爽，我所在的那艘船，在最前面的，是一位極有經驗的航海家。

當船漸漸駛近失事地點的時候，所有的人都緊張了起來，每一個人都圍在磁力測定儀的附近，觀看儀器是不是有什麼反應。

儀器上的指針，一直在正常的位置上，離出事地點愈來愈近了，仍然沒有變化。

傑克上校望着我：「消失了！」

我雖然心中仍十分疑惑，不明白那樣強大的磁力，何以會消失，但是到了這時候，我不得不承認，磁力的確已消失了。

望着平靜的海面，我點了點頭：「看來，那股磁力的確消失了！」

傑克上校望着我，突然有點不懷好意地笑了笑：「或許，根本沒有這股磁力！」

我只覺得氣往上沖，如果不是甲板上有許多人在，而且其中還有不少外交人員的話，我一定會叫傑克上校下不了台。

但這時，我壓抑着自己的怒意，冷笑地道：「上校，你使我想起海中的珊瑚蟲！」

傑克上校漲紅了臉，一轉身，走了開去。

他想否定曾經有過那股磁力的存在，自然是不可能的，因為世界各地的紀錄，都有指示出在那時間中，地球的磁場，曾受干擾。

在經過了一夜之後，已經獲得了更多的資料，好些地方的無線電通訊，也曾受到強烈的干擾，其干擾的程度，在太陽黑子最大的爆炸之上。

各地的天文台也曾提出報告，有天文台負責人，甚至認為太陽上產生了一種新的、未可測的爆炸，是以造成這種現象的。

然而我卻明白得很，造成這種現象的，只是一個小圓球——不會大過乒乓球的一個小黑球！

船終於抵達了目的地，在海面上，沒有記號可以辨認，但是柯克船長記得遊艇出事時的準確位置，我們就是根據這個位置而來的。

海面上極之平靜，儀器也一點沒有不尋常的反應。三艘船連在一起，所有的人又聚集在一起。

傑克上校大聲宣布道：「好了，事情已經成為過去，我們大家可以回去！」

一個海洋學家道：「為了妥當起見，我想應該潛到海底去看一看，好在我們有潛水的設備，也有潛水人員在。」

這一個提議，得到了很多人的附和，傑克上校轉過頭，向我望來：「你自然也想潛到海底去看個明白的了，是不是？」

我冷冷地道：「如果你批准的話！」

傑克上校的權力很大，但是自然還未曾高到了可以禁止我潛入海底的地步。是以他立時明白我這樣說，是在諷刺他，他又狠狠瞪了我一眼。

我很明白他的心情，他曾經吃過柯克船長的大虧，而捉住了柯克船長的卻是我而不是他，而且，柯克船長，現在是在泰國警方手中！

傑克瞪了我好一會，才道：「你本來就是受到國際警方特別看待的人員，這一次，經手捉到了柯克船長，自然更非同尋常了！」

我不禁笑了起來，我之所以感到好笑，不僅是因為傑克上校的器量小，而且是因為我已經料到他是因為這件事在和我不開心。

我一面笑着，一面道：「上校，那要歸功於你的領導有方！」

上校的臉漲得更紅了，他厲聲道：「你不要肆無忌憚地諷刺我！」

我裝出驚訝的神情：「咦，難道我說錯了，我對泰國警方的負責人，就是那樣講的，我相信國際警方一定也收到了同樣的報告！」

傑克上校的怒意立時消失，在他的臉上，現出了驚喜的神情來：「真的，你怎麼向人家說，我可以先知道內容麼？」

我道：「我說，我是受你的指導，才能夠對付柯克船長的，一切全是你的功勞！」

傑克搓着手：「也不能那麼說！」

我笑了起來，我早已料到我和傑克上校之間，會有今日這樣的情形出現，是以我也的確曾將一切逮捕柯克船長的功勞歸於他，我並不是要向他討好，而且我一則無意於這種功勞，二則，我和傑克上校，以後總會見面，何苦叫他一見到我就不高興？

傑克伸出手來，握着我的手，搖着：「謝謝你，衛斯理，你可以準備下水了！」

我笑道：「你也可以準備接受褒獎了！」

他「呵呵」笑着，興高采烈。

這時，有三個潛水人已經出現在船上，我也連忙換上了潛水人的裝備，和他們一起跳下了海，海水很清澈，我們才一下海，就向下直沉下去，海水約莫有五百呎深，這樣的深海潛水，實在有點超乎我的能力之外的，但是我還是勉強潛了下去。

當我可以看到海底的時候，我和那三位潛水人，打着手勢，我們都表示極度的驚訝。

海底的情形，的確是令人驚訝的，那一帶的海底，平坦得像是經過壓路機的擠壓一樣，只是平坦的海沙，幾乎什麼也沒有，沒有岩石，沒有海藻，完全像是一個海底的沙漠。

照說，在這一帶的海底，是不應該會出現這樣的情形的，我們在接近海底的地方游着，發現平坦的海沙，也有着些微的起伏，那些起伏，形成一個大的漩渦，不多久，我們就找到了那漩渦的中心。

「漩渦」的中心部分，是一個相當深的深潭，足有十多尺深，附近的海沙，正在緩緩向中心漩渦部分滑下去，我相信，如果再遲些日子潛下海底的話，那個漩渦，一定也會消失不見的，而這個深坑，在初初形成的時候，也一定比現在更深。

我的腦中十分亂，我預期在潛下水來之後，是可以看到一大團鋼鐵的，但是現在卻什麼也沒有看到，只看到了這樣的一個漩渦。

那艘游艇和貨船的鋼鐵到哪裏去了？又是什麼力量，在海底形成了那樣一個大渦的？

一連串的問題，在我的腦中盤旋，我卻得不到答案。一個潛水人員在海底攝影，我直到他們工作完成，其中一人伸手拍我的肩頭時，才如夢初醒，和他們一起浮上了水面。在歸程中，我仍然在不斷思索着這個問題。

六天之後，軍方召集了一個專家會議，請我列席。參加這個會議的，有許多專家。在會議上，當日在海底拍攝的照片，放成極大，掛在架上，一個專家指着照片上的深渦：「我們經過詳細的研究，認為這個深渦，是由一股極大的下沉力量所造成的，就像是浴缸的塞子打開，水向下漏去時所形成的漩渦一樣，從這個深渦旁的海沙分佈情形，可以看出來。」

他講到這裏，略頓了一頓，才又説道：「當這股強大的下沉力發生之際，海底一定天翻地覆，所有的海沙都被捲了起來，原來在海中的岩石，也全被牽動，所以才造成了海牀的極度平坦。」

那位專家講到這裏，向我望了過來：「現在的問題就是，那股強大的下沉力，究竟是從何而來？」

我覺得他這個問題，是對我而發的，所以我站了起來：「我們已經可以肯定，有一件物體，有強大的磁力，這件物體，至少將一艘貨船和一艘遊艇中所有的鋼鐵，以它為中心，擠成了一個巨大的鋼鐵團。我不知道這個鋼鐵團對磁性的影響如何。那要請專家發表意見。」

一個很瘦的人站了起來：「如果那物體，真有如此強大的磁力，那麼，它所吸引的鋼鐵，分子排列會起變化，也變成具有強烈磁性的磁鐵。」

我立時問道：「你的意見是，那個鋼鐵團的形成，會使得磁力比原來更大？」

那人點頭道：「是！」

我立時又道：「可是在事實上，它的磁力卻在兩小時之中，逐漸消失了！」

會場中靜了片刻，一個老年人啞着聲音道：「我的推測是，這個大鐵團下沉了。」

我立時問道：「是什麼力量促使大鐵團下沉了？」

那老年人拄着拐杖，站了起來：「我推測在那個海底，恰好有一個鐵礦，磁力對鐵礦起了作用，當然，再強大的磁力，也不能將整個鐵礦扯上來，於是唯一的結果便是那大鐵團向下沉去，穿過了海沙、海泥，就算遇到了堅硬的岩石，由於磁力的強大，大鐵團也會變成無數的細小的磁鐵，分散開來，鑽進石縫之中，而繼續向下沉去。我們使用『下沉』這個字眼，只不過是順口而已，事實上，那物體和它周圍的鋼鐵，是以一種強大無匹的力量，向下擠去的，有可能其中的大部分鋼鐵，因為擠進石縫中的力道太大，而致喪失了磁性，但其中必有一小部分還在向下擠的。」

全會場的人，都肅然地在聽那位老人的意見。

當那老人微喘着氣，停了下來之際，我道：「那麼，你認為磁力的消失，是由於阻隔太大的緣故？」

那老人點點頭：「是的，它可能已下沉了幾千尺，在那麼深厚的阻隔下，磁力自然難以透出海底了，除非在地面有一個比海底鐵礦更大的吸引力。」

那位老資格專家的解釋，得到了所有與會者的嘉許，一致同意將他的推測，作為會議的結論。

會議的氣氛輕鬆起來，我趁機提出了一個問題，道：「各位，這件事，可以說已經解決了，但是，那圓球中，有着如此巨大磁力的東西，為什麼會在岩石之中，它是怎麼來的？那決不是天然的東西，因為它的外面，有一層東西包着，這層東西只不過幾寸厚，但是卻可以阻隔強大的磁力，而且，某國的科學家研究過這種物質，認為它不是地球上所有的任何東西。」我的這個問題，令得大家討論了很久，但是卻得不出一個結論來。

現在，得提一提柯克船長，柯克船長在經過國際警方的要求之後，被引渡到本埠來受審，他被判死刑，在本埠的監獄，等候服刑。在他執行死刑的前一天晚上，我到死囚室去看他，他顯得很鎮定，我去看他的目的，便是將會議的結果、專家的意見告訴他。

柯克船長聽了我的轉述之後：「那位專家說錯了，我的推測，不是海底有一個鐵礦，而是由於地心岩漿外層的吸引。岩漿的外層是鐵，那東西直鑽到地心去了。」

我呆了半晌，他又道：「那東西的來歷，我經過了長期的思索，也有了結論。」

我道：「你的結論是什麼？」

柯克船長道：「我想，只有兩個可能，第一個可能是，在我們這一代人之前，地球上早已出現過高級生物，那圓球是他們留下來的，其後，地球又經過了天翻地覆的變化，那圓球沉進了岩漿之中，岩漿變成了岩石，又經過幾億年風化，才又顯露出來。」

我緩緩吸了一口氣，道：「第二個可能呢？」

柯克船長揮着手，道：「第二個可能，就是別人留下來的，假定在若干億年之前，地球還是一個溶漿世界，別的銀河系中的『人』，飛近地球，拋下了那個圓球，變成在岩石中了。如果是那樣的話，那麼，極有可能，這種『人』的太空飛行，強大的動力，絕不是什麼固體燃料，而是磁力，利用各種星球間的磁力牽引，作不可想像的高速飛行！」

我沒有說什麼，柯克船長所作的兩個假定，都有可能，自然，也有可能完全不是那麼一回事。但是如果一定要我作出一個選擇的話，那我寧可揀第二個可能了。

尤其是他最後的一句話，給我的印象十分深，的確，強大無匹的磁力，如果應用在星際飛行上，那是真正永遠存在，絕不怕消耗完畢，可以說是唯一長期星際飛行的理想動力了！

（全文完）

衛斯理小說典藏版　70

魔磁

作　　者：　衛斯理（倪匡）
責任編輯：　黎倩雲　　常嘉寧
封面設計：　李錦興
出　　版：　明窗出版社
發　　行：　明報出版社有限公司
　　　　　　香港柴灣嘉業街18號
　　　　　　明報工業中心A座15樓
電　　話：　2595 3215
傳　　眞：　2898 2646
網　　址：　https://books.mingpao.com/
電子郵箱：　mpp@mingpao.com
版　　次：　二〇二二年八月初版
I S B N：　978-988-8828-15-9
承　　印：　美雅印刷製本有限公司